Voltaire

Candide ou L'Optimisme

캉디드 혹은 낙관주의

1판 1쇄 발행 2010년 7월 30일
1판 2쇄 발행 2021년 1월 15일

지은이 | 볼테르
옮긴이 | 김용석
발행인 | 신현부

발행처 | 부북스
주소 | 04613 서울시 중구 다산로29길 52-15(신당동), 301호
전화 | 02-2235-6041
팩스 | 02-2253-6042
이메일 | boobooks@naver.com

ISBN 978-89-93785-12-8 04080
ISBN 978-89-93785-07-4 (세트)

부클래식

008

———

캉디드 혹은 낙관주의

볼테르

김용석 옮김

차 례

옮긴이 일러두기

작품 번역의 저본으로 삼은 것은 두 종류이다. 하나는 프랑스 갈리마르 출판사에서 플레이아드 총서로 발간한 《소설과 콩트》(1979)이며, 다른 하나는 보르다스 출판사의 《캉디드 혹은 낙관주의》(1982)이다. 이 두 저본들에는 방대한 양의 주석이 들어 있지만 한국어판에서는 가능하면 본문 하단에 주석을 달지 않기로 하였으며, 번역본의 주석은 독자의 독서를 방해하지 않는 수준에서 독서에 도움이 된다고 판단되는 것들만을 간추려 별다른 표시 없이 간략하게 제시한 것들과 '(옮긴이 주)'로 표기한 것들뿐이다. 참고로 볼테르는 원본에 아무런 각주도 제시하지 않고 있다는 것과, 한국어판들 중에서 《캉디드》(윤미기 역, 한울, 1999)를 참고하였다는 사실도 밝혀둔다.

캉디드 혹은 **낙관주의**[01]

이 작품은 랄프 박사가 1759년에 민덴[02]에서 사망했을 당시 그의 주머니에서 발견된 내용들을 그의 독일어 원문에다 첨가하여 프랑스어로 번역한 것이다.

---

01 《자디그 혹은 숙명》이나 《멤농 혹은 인간의 지혜》와 같은 책들처럼 《캉디드 혹은 낙관주의》도 제목과 부제목이 함께 책 제목으로 제시되고 있는데, 이는 주인공의 모험과 더불어 철학적인 시험을 예고하는 것이다. 아울러 주인공 캉디드에 대한 풍자적인 의미도 함축하고 있다.

02 Minden : 독일 북서부에 위치한 베스트발렌 주의 도시이며, 베저(Weser)강을 끼고 있다.

제1장

캉디드는 아름다운 성에서 어떻게 교육을 받고 자랐으며, 그 성에서 어떻게 쫓겨났는가

베스트팔렌 지방의 툰더 텐 트롱크 남작님[03]의 성에는 비할 바 없이 온화한 천성을 타고난 한 청년이 살고 있었다. 그의 용모는 그러한 그의 영혼을 보여주고 있었다. 그는 매우 올바른 판단력과 아주 순진한 정신의 소유자였다. 바로 그러한 이유 때문에 사람들이 그를 캉디드라고 불렀을 것이라고 나는 생각한다[04]. 오래 전부터 그 성에서 일해 온 하인들은 그 청년이 남작님의 누이

---

03 17세기에 '후작'이라는 지위가 특히 독일을 중심으로 점점 평가 절하되었던 것과 마찬가지로 18세기를 시간적인 배경으로 하고 있는 이 작품에서 남작이라는 지위 역시 같은 길을 걷고 있다. 하지만 작품의 화자는 툰더 텐 트롱크 남작을 꼬박 꼬박 남작'님'이라고 지칭하면서 사실상 유명무실한 권력에 대한 풍자를 꾀하고 있다. 이러한 원문의 의미를 부각시키기 위하여 '남작님'이라고 번역하였다. 하지만 원문에서 단순히 '남작'이라고 되어 있는 부분은 그대로 살렸다. (옮긴이 주)

04 이 작품은 3인칭 관찰자 시점으로 서술되어 있다. 작품 곳곳에 개입하고 있는 저자의 분신인 이 관찰자의 관점이 드러나 있다. 아울러 캉디드(candide)라는 프랑스어는 '순진하다, 순수하다, 천진하다'는 정도의 뜻이다. (옮긴이 주)

와 이웃 마을의 착하고 정직한 한 신사 사이에서 태어난 아들이지만, 아가씨는 그 사람의 가계도가 단지 71대까지만 확인될 뿐이고 그것도 가계도 가운데 나머지는 세월이 흐르면서 사라졌다는 이유로 결코 그 신사와 결혼하려 들지 않았다고 짐작하고 있었다.

남작의 성에 문이 하나, 창문이 여러 개 있었던 것으로 보아, 그는 베스트팔렌 지방에서 막강한 권력이 있는 영주들 가운데 한 사람이었다. 성의 대형 홀에는 심지어 실내 장식용 비단이 여기저기 걸려있었다. 성 이곳저곳에 있는 가금 사육장에서 기르는 개들이 이따금 사냥하는 무리가 되면, 남작님의 마부들은 사냥개를 돌보는 하인의 일도 했다. 마을의 보좌신부는 남작님의 구호물 분배 사제였다. 모든 사람들이 남작님을 '각하'라고 불렀고, 그가 이야기를 할 때면 모두들 웃음을 터뜨렸다.

남작 부인 마님은 몸무게가 150킬로그램은 족히 넘을 정도였고, 그런 이유로 엄청난 존경을 받았으며, 위엄 있게 손님을 맞아 직접 안내하며 환대하곤 하던 모습은 마님을 더욱더 존경받을 만한 사람으로 만들어 주었다. 그녀의 딸 퀴네공드는 열일곱 살이었고, 얼굴이 매우 불그스름하고 생기발랄하며 통통한데다가 탐스러웠다.[05] 남작의 아들[06]은 아버지를 꼭 빼어 닮은 것처럼

---

05 퀴네공드에 대한 이러한 묘사는 그녀의 육감적인 기질을 예고하는 것이며, 기독교에서 7대 죄악의 하나라고 말하는 색욕(음욕, 호색, 음란함)에 대한 비유이다. (옮긴이 주)

06 작품 전체에서 남작의 아들과 딸 중에서 누가 더 연상인지에 대한 정보를 찾

보였다. 가정교사 팡글로스는 이 집안의 현인이었고, 어린 캉디드는 그 나이와 성품을 진솔하게 드러내며 그의 강의를 귀담아들었다.

팡글로스는 형이상학적-신학적-우주생성이론을 가르쳤다. 그는 원인이 없는 결과는 결코 존재하지 않는다는 것, 그리고 있을 법한 세상 가운데 최선인 이 세상에서, 성들 가운데 남작 나리의 성이 가장 아름답다는 것, 그리고 있을 법한 모든 남작 부인들 가운데 마님이 가장 훌륭한 분이라는 것을 훌륭하게 증명해 보였다.

그는 이렇게 말했다.

"세상 만물이 현재와 다른 방식으로 존재할 수는 없다는 것은 증명되었습니다. 모든 것은 하나의 목적을 위해 만들어졌기 때문에, 즉 모든 것은 필연적으로 최선의 목적을 위해 존재합니다. 코는 안경을 걸치라고 만들어졌기에 우리는 안경을 씁니다. 다리는 쉽게 알 수 있듯이 바지를 입으라고 만들어졌습니다. 그래서 우리는 바지를 입습니다. 돌은 성을 다듬고 지으라고 만들어졌습니다. 그런 까닭에 각하께서 이렇게 아름다운 성을 갖게 되신 겁니다. 왜냐면 이 지방에서 가장 위대한 남작께서 당연히 가장 좋은 거처에 사셔야 하기 때문이지요. 그리고 돼지는 먹히라고 만들어졌기에 우리는 일 년 내내 돼지고기를 먹습니다. 그렇기 때문에

───

을 수 없다. 인물 소개에 있어서 딸인 퀴네공드가 먼저 소개되고 뒤이어 아들이 소개된다는 점에서 그 선후를 짐작할 수도 있을 것으로 보이지만, 번역에서는 편의상 오빠와 여동생의 관계로 상정하였다. (옮긴이 주)

'모든 것이 잘 되어 있다'라고 주장하는 모든 자들은 바보 같은 말을 한 겁니다. '모든 것이 최선으로 되어 있다'라고 말했어야 합니다."

캉디드는 주의 깊게 들었고, 순진하게도 믿었다. 왜냐하면 그는 감히 대담하게도 퀴네공드 양에게 말할 수는 없었지만, 그녀가 최고의 미인이라고 생각했기 때문이다. 그가 내린 결론은, 툰더 텐 트롱크 남작이 태어났다는 행복, 다음의 두 번째 행복이 퀴네공드 양이 있다는 것, 세 번째 행복이 그녀를 매일 본다는 것, 네 번째 행복이 그 지방에서, 그러니까 결국 온 세상에서 가장 위대한 철학자 팡글로스 선생님의 가르침을 듣는다는 것이었다.

어느 날 퀴네공드는, 성 주변을 산책하는 중에 사람들이 '공원'이라고 부르는 작은 숲의 가시덤불 사이로, 팡글로스 박사가 자그마한 체구에 매우 아름답고 매우 부드러운 갈색 머릿결을 지닌, 자기 어머니의 하녀에게 육체적인 실습 강의[07]를 하고 있는 모습을 보았다. 퀴네공드는 학문에 상당한 재능이 있었기에 계속 진행되고 반복되는 그 실험들을 숨죽이며 지켜보았다. 퀴네공드는 박사의 '충족이유'와 '원인과 결과'를 분명하게 보았고, 자신도 박식해지고 싶다는 욕망이 가득차자[08] 흥분되어 생각에 잠겨

07 외설스럽고 지적인 우언법으로서, 당연히 '실험물리학'이라는 뜻도 되지만, 이와 동시에 '육체적인 실습 강의'를 했다는 의미도 된다. (옮긴이 주)

08 '학식있는 사람, 박식한 사람이 되고 싶은 욕망'과 더불어 '재치있고 (성적으로) 숙련된 여자가 되고 싶은 욕망'을 드러내고 있다고 볼 수도 있다. (옮긴이 주)

발걸음을 돌리면서, 자기가 젊은 캉디드의 훌륭한 충족이유가 될 수 있고, 캉디드 역시 자신의 충족이유가 될 수 있으리라고 상상하였다.

그녀는 성으로 돌아오는 길에 캉디드를 만나자 얼굴이 붉어졌다. 캉디드 역시 얼굴이 붉어졌다. 그녀가 더듬거리며 인사를 하자 캉디드는 자신이 무슨 말을 하는지도 모르면서 대답했다. 이튿날 점심 식사[09]를 끝내고 사람들이 자리를 뜨자, 퀴네공드와 캉디드는 병풍 뒤에서 만났다[10]. 퀴네공드가 손수건을 떨어뜨렸고 캉디드가 그것을 주워주었다. 그녀는 순수한 마음으로 그의 손을 잡았다. 젊은 청년도 순수한 마음으로 아씨의 손에 격렬하고 감각적이며 아주 매력적으로 입맞춤을 했다. 두 사람의 입술이 포개지고 눈에는 불꽃이 타오르고 무릎은 떨리고 서로의 손은 길을 잃은 듯 헤매었다. 툰더 텐 트롱크 남작이 병풍 근처를 지나

---

09 현대 프랑스어에서 dîner는 저녁 식사를 의미하지만, 예전에는 점심 식사를 의미했으며, 저녁 식사는 souper로 표현했다.《캉디드》의 다른 한국어 번역본들 중에서는 현대 프랑스어의 의미인 '저녁 식사'로 번역되어 있는 판본도 있지만, 제2장 초반에 성에서 쫓겨난 캉디드를 묘사하는 부분에 souper라는 단어가 나오기 때문에, 제1장에 사용된 dîner는 점심 식사로 번역되는 것이 옳아 보인다. 그렇게 되면 캉디드와 퀴네공드의 애정행각이 저녁 식사를 끝마친 이후의 일이 아니라, 대담하게도 대낮에 이루어진 것이라는 점이 더욱 부각될 것으로 보인다. (옮긴이 주)

10 trouver 동사의 재귀적 용법인데, 보르다스(Bordas)판본의 주석에 따르면 이 se trouver가 곡언법으로 사용되었다고 적혀있다. 그러니 단순히 '병풍 뒤에서 만났다'라는 의미에 '서로를 느끼다 혹은 맛보다'라는 의미도 추가되는 것으로 이해할 수 있다. (옮긴이 주)

다가 이 원인과 결과를 보고서, 캉디드의 엉덩이를 세게 걷어차 성에서 내쫓았다. 퀴네공드는 기절했다. 그녀가 정신을 차리자마자 남작 부인 마님이 따귀를 때렸다. 그러자 세상에 있을 수 있는 성들 중에도 가장 아름답고 가장 살기 좋은 그 성에서 모든 사람들이 깜짝 놀랐다.

제2장

불가리아인[11]들 틈에서 캉디드는 어떻게 되었는가

　지상의 낙원에서 쫓겨난 캉디드는 눈물을 흘리며, 하늘을 쳐다보기도 하며, 세상의 모든 남작의 딸들 가운데 가장 아름다운 여인이 갇혀 있는, 성들 중에서도 가장 아름다운 성을 자꾸만 돌아보면서 어디로 가는지도 모른 채 한참을 걸었다. 그는 저녁도 먹지 못하고 들판의 밭고랑 사이에서 잠을 자는데, 눈까지 그 위로 펑펑 쏟아지고 있었다. 이튿날 캉디드는 얼어붙은 채로 발트베르그호프 트라브크 디크도르프라는 이웃 마을을 향해 돈 한 푼 없이, 허기와 피곤에 지친 몸을 끌면서 걸어갔다. 그는 주막 문 앞에 애처롭게 멈췄다.

　푸른 옷을 입은 두 남자가 그를 눈여겨보았다.

　그중 한 사람이 말했다.

---

　11 불가리아인들이라고 번역된 프랑스어 Bulgares는 남성 복수 명사로서 처음에는 불가리아의 이단자를 지칭했으며, 중세에는 이단자를 의미했다.(옮긴이 주)

"이봐, 저기 체격이 아주 좋고 키도 적당한 젊은이가 있군."

그들은 캉디드에게 다가가 매우 정중하게 점심을 함께하자고 청했다.

캉디드는 호감을 느낄 만큼 겸손하게 말했다.

"정말 영광입니다. 하지만, 전 제 몫으로 낼 것이 아무것도 없습니다."

푸른 옷을 입은 남자들 중 한 사람이 말했다.

"아! 당신같이 잘 생기고 의젓한 사람은 돈을 내지 않아도 됩니다. 당신 키가 5피트 5인치[12] 아닙니까?"

"네, 정확히 그렇습니다."

캉디드는 절하듯 몸을 숙이면서 대답했다.

"아! 식탁에 앉으시지요. 물론 당신의 음식 값은 우리가 내겠습니다. 여하튼, 당신 같은 분이 돈이 없다니 안될 말입니다. 인간은 서로 도와가며 살기 위해 만들어졌을 뿐입니다."

"옳은 말씀입니다. 팡글로스 선생님이 제게 항상 말씀하셨던

---

12 약 176cm. 프랑스의 옛 길이 단위인 피트(pied)는 약 0.3248m이며, 인치(pouce)는 약 2.7cm이다. 따라서 프랑스식으로는 약 176cm 정도의 키라고 할 수 있다. 하지만 영국식 인치는 약 2.54cm였기에 영국식으로는 165cm 정도가 된다. 아울러 프로이센의 프리드리히 빌헬름 왕의 키는 비교적 작은 5피트 5인치(영국식 인치 표기를 기준으로 환산하면 165cm)였다고 한다. 특히 그는 키가 큰 병사들에 대해 병적으로 집착하였다고 한다. 따라서 병사를 모집하는 프로이센 장교들은 자국의 왕을 기준으로 캉디드의 키를 짐작한 것인데, 캉디드의 키가 왕이 흡족해할 만큼 큰 키는 아니었음에도 불구하고 어떻게 해서든지 캉디드를 군대에 징집하기 위해서 그에게 호의를 베풀고 있는 것으로 볼 수도 있다. (옮긴이 주)

것이 바로 그것입니다. 그리고 저는 이 세상 모든 것이 최선으로 가득 차 있다는 것을 잘 알고 있습니다."라고 캉디드가 말했다.

그들이 캉디드에게 5프랑 은화 몇 닢을 받아달라고 간청하자, 그는 돈을 받고 차용증서를 써주려 하지만, 그들은 단호하게 사양하며 식탁에 앉는다.

"당신은 진심으로 사랑하지 않습니까……?"

캉디드가 대답했다.

"아! 네, 저는 퀴네공드 양을 진심으로 사랑합니다."

두 사람들 중 한 명이 말했다.

"아니 그게 아니라, 불가리아인들의 왕을 진심으로 사랑하지 않느냐고 물은 겁니다."

캉디드가 말했다.

"전혀요. 저는 한 번도 그분을 뵌 적이 없는 걸요."

"뭐라고요! 그분은 이 세상에서 가장 훌륭한 왕이십니다. 자, 왕의 건강을 위해 건배합시다."

"아! 기꺼이 그러고 말고요."

캉디드는 잔을 비운다[13].

---

13 이 작품은 대부분 단순과거 및 반과거와 같은 과거시제로 서술되고 있으나, 간혹 현재시제로 서술된 부분도 찾아볼 수 있기에 그 현재시제를 살려서 번역했다. 프랑스어 원본에서 대화체 부분은 대부분의 경우 별도의 문단으로 구분하지 않고 주로 '—'와 같은 부호를 이용하여 대화를 주고받는 모습이 자연스럽고 역동적으로 서술되고 있으며 중간 중간 '~가 ~라고 말한다'와 같이 현재시제로 서술되고 있는 특징을 보이고 있다. 번역문의 대화 부분은 대부분 새로운 하나의 문단으로 처리했

그들이 캉디드에게 말했다.

"그만하면 됐소. 이제 당신은 불가리아인들의 후원자, 지지자, 옹호자며 영웅입니다. 당신의 출세와 명예는 보장되었소."

그들은 그 자리에서 캉디드의 발에 족쇄를 채워 군대로 끌고 간다. 그들은 캉디드에게 좌향좌 우향우를 시키고, 총을 대신해 막대기로 받들어총, 세워총을 시키고, 조준하고 사격하는 훈련을 시키고 속보로 행진 하게 하더니, 끝내는 몽둥이로 서른 대를 때린다. 다음날 그는 조금 덜 힘든 훈련을 받고 매도 스무 대밖에 맞지 않는다. 그 다음날에는 열 대만 맞고, 동료들은 그를 비범한 사람으로 여기게 되었다.

캉디드는 얼떨떨하여 여전히 자신이 어떻게 영웅인지를 확실히 알지 못했다. 어느 화창한 봄날, 마음대로 다리를 움직이는 것이 동물 일반과 인간의 특권이라고 생각한 캉디드는 산책하는 척하다가 떠나기로 마음먹고 곧장 앞으로 걸어갔다. 6~7킬로미터도 채 못 걸었는데, 키가 6피트나 되는 네 명의 다른 영웅들이 덮치더니 그를 묶어 징벌용 지하 독방으로 데려갔다. 군사재판에서 그들은 캉디드에게 연대의 모든 군인들로부터 서른여섯 대씩 매를 맞는 것과, 두개골에 탄알 열두 발을 동시에 맞는 것 중 어느 것을 택하겠느냐고 물었다. 인간의 의지는 자유로운 것이어서 자신은 둘 중에서 그 어느 것도 원치 않는다고 그가 말했지만 소

으며, 관찰자의 서술을 제외하고는 대화체의 현재시제를 자연스러운 번역을 위하여 '~라고 말했다'와 같이 과거시제로 옮긴 부분도 있다. (옮긴이 주)

용없었고, 어쨌든 두 가지 중 하나를 선택해야 했다. 이른바 '자유'라는 신의 선물 덕분에 그는 서른여섯 번씩 몽둥이질을 당하는 쪽을 선택했다. 군인들이 그의 앞을 두 차례 지나갔다. 연대는 2천 명의 병사로 이루어져있었다. 그러니 4천 대를 맞은 셈이고, 맞고 나니 목덜미에서 엉덩이까지 근육과 신경이 드러났다. 군인들이 세 번째 몽둥이질을 시작하려 할 때, 캉디드는 더 이상 견딜 수가 없어 제발 차라리 자기 머리를 부수어달라고 간청했다. 그러자 그들은 그의 간청을 받아들여, 눈을 가리고 무릎을 꿇게 한다. 바로 그때, 불가리아인들의 왕이 지나가다가 이 사형 집행을 기다리는 죄수의 죄목을 묻는다. 왕은 대단한 천재였던지라 캉디드에 대해 모든 이야기를 듣고 나자 그가 세상 물정이라고는 하나도 모르는 젊은 형이상학자일 뿐임을 알아차렸다. 그리하여 모든 시대의 모든 신문들이 영원토록 기릴 만한 관용을 베풀어 그를 사면하였다. 캉디드는 훌륭한 외과의사에게 디오스코리데스의 처방으로 알려진 피부연화제로 3주 동안 치료를 받았다. 불가리아인들의 왕이 아바르인들의 왕에게 선전포고를 했을 무렵에는 이미 그의 피부가 아물기 시작하고 걸을 수도 있게 되었다.

제3장

캉디드는 불가리아인들에게서
어떻게 탈출하였으며, 어떻게 되는가

이 두 나라의 군대만큼 멋지고 우아하고 빛나며 명령을 잘 따르는 군대는 어디에도 없었다. 트럼펫, 피리, 오보에, 북과 대포 소리가 지옥에서도 결코 있을 법하지 않은 화음을 이루고 있었다. 우선 대포가 양쪽 진영의 병사 6천 명씩을 쓰러뜨렸다. 그 다음에는 이 최선의 세계를 전염시키던 약 9천 명에서 1만 명의 악당들이 보병의 일제사격을 받아 제거되었다. 총검도 수천 명의 인간의 죽음에 충족이유가 되었다. 죽은 군인은 모두 3만여 명에 족히 달했다. 이 영웅적인 살육전이 벌어지는 동안 캉디드는 철학자처럼 벌벌 떨면서, 최선을 다해 몸을 숨겼다.

마침내 양쪽 왕들이 각자의 진영에서 '테데움'[14]을 부르게 하는 동안, 그는 다른 곳으로 가서 이 원인과 결과를 추론해보기로

---

14 Te Deum : 신의 은총을 찬미하는 라틴 성가.

결심했다. 그는 산더미처럼 쌓인 시체와 죽어가는 부상자들을 넘어서 이웃 마을에 이르렀다. 마을은 잿더미가 되어 있었다. 그곳은 아바르인의 마을이었는데 불가리아인들이 국제법을 엄격히 따라 그 마을을 불태워버렸다. 이쪽에서는 온통 두들겨 맞은 늙은이들이 목이 잘려 죽어가는 자기 아내들을 지켜보고 있었다. 그 아내들은 피 흐르는 가슴에 아기들을 여전히 꼭 안고 있었다. 저쪽에서는 처녀들이 몇몇 영웅들의 생리적 요구를 채워주고 난 뒤 배가 갈린 채 마지막 숨을 몰아쉬고 있었다. 또 다른 이들은 반쯤 불에 탄 채 죽여 달라고 울부짖고 있었다. 잘린 팔다리 옆 바닥에 머리들이 흩어져 있었다.

캉디드는 재빨리 다른 마을로 도망쳤다. 그곳은 불가리아인들의 마을이었는데, 그곳에서도 아바르 영웅들이 마찬가지로 살육을 자행해 놓은 상태였다. 캉디드는 아직도 꿈틀거리는 팔다리들 위를 넘고 폐허를 가로질러 마침내 전쟁의 참극을 벗어난 곳으로 빠져나왔다. 그는 배낭 속에 약간의 식량을 넣은 채 퀴네공드 양에 대한 생각을 결코 잊지 않았다. 네덜란드에 도착했을 때 식량이 바닥났다. 하지만 그는 이 나라 사람들이 모두 부자이고 기독교도라는 말을 들었기에, 그가 오로지 퀴네공드 양의 환심을 사려했다는 이유 때문에 쫓겨나기 전 남작 나리의 성에서 받았던 좋은 대우를 이곳에서도 똑같이 받을 수 있으리라는 것을 의심하지 않았다.

그가 몇몇 지체 높은 이들에게 적선을 구하자, 그들 모두는 그가 계속 이렇게 군다면 감호소로 보내 살아가는 법을 알도록 만들겠노라고 대답했다.

이어서 그는 대규모 집회에서 이웃사랑이라는 애덕에 관해 혼자서 한 시간 내내 연설하고 나오는 사람에게 말을 걸었다. 그 연사가 그를 훑어보며 말했다.

"여기는 무엇 하러 왔습니까? 여기 온 명분이 있습니까?"

캉디드는 겸손하게 말했다.

"원인 없는 결과는 없습니다. 만사는 필연적으로 서로 연결되어 있고 최선을 위해 정돈되어 있습니다. 저는 퀴네공드 양의 곁에서 쫓겨나야 했고 몽둥이찜질을 당해야 했으며, 제 손으로 제 빵을 벌 수 있을 때까지는 빵을 구걸해야 하는 형편입니다. 그리고 이런 모든 일들이 이렇게 될 수밖에는 없었습니다."

연사가 말했다.

"이보시오! 당신은 교황이 적그리스도라고 생각합니까?"

캉디드가 대답했다.

"아직 그런 말을 들은 적은 없습니다. 하지만 교황이 적그리스도건 아니건 저는 빵이 필요합니다."

연사가 말했다.

"너는 빵을 먹을 가치가 없는 놈이야. 물러가, 이 나쁜 놈! 썩 꺼져, 이 파렴치한 놈! 다신 내 앞에 나타나지 마!"

연사의 부인이 창문으로 머리를 내밀고, 교황이 적그리스도라는 것에 의심을 품은 자를 노려보며 그의 머리에 뭔가가 가득 담긴 것을 한 바가지 퍼부었다. 원 세상에! 여자들이 종교에 미치면 이렇게까지 될 수 있다니!

세례를 한 번도 받은 적이 없는 재침례파 교도 자크라는 이름의 착한 사람이 깃털은 없고 두 발과 영혼을 가진 존재, 즉 자신의 한 형제가 잔인하고 치욕스럽게 수모를 당하는 장면을 보았다. 그는 캉디드를 자기 집으로 데려가 씻기고 빵과 맥주를 주고, 금화 2 플로린을 선물로 주었으며, 심지어 페르시아 양탄자를 짜는 네덜란드에 있는 자신의 공장에서 일을 배울 수 있도록 해주고자 하였다. 캉디드는 그 앞에 거의 엎드려서 외쳤다.

"팡글로스 선생님께서 이 세상 모든 것이 최선으로 이루어져 있다고 하시더니 그 말씀이 옳습니다. 검은 망토 입은 남자분과 그 부인의 냉혹함보다는 당신의 지극한 관대함이 훨씬 더 저를 무한히 감동시키니 말입니다."

다음날 그는 산책하던 중에 한 거지를 만났다는데, 그 거지는 온몸이 종기투성이였고 흐리멍덩한 눈에 코끝은 문드러지고 입은 비뚤어지고 이빨은 새카맣고, 심한 기침 때문에 고통스럽게 겨우 말을 하였고, 힘들여 말할 때마다 번번이 이빨을 하나씩 뱉어내곤 하였다.

제4장

캉디드가 어떻게 자신의 옛 철학 선생,
팡글로스 박사를 만나게 되고, 무슨 일이 일어나는가

캉디드는 무서움보다는 연민에 사로잡혀, 착한 재침례교도 자크에게서 받은 금화 2 플로린을 그 끔찍한 거지에게 주었다. 유령 같은 그 거지는 캉디드를 유심히 바라보더니 눈물을 흘리며 그의 목을 끌어안았다. 캉디드는 흠칫 놀라 뒤로 물러난다.

돈을 받은 가련한 사내가 그를 동정해준 다른 가련한 사내에게 말했다.

"아! 슬프게도 자넨 자네가 존경하는 스승인 팡글로스를 더이상 못 알아보는가?"

"무슨 소리지요? 당신이 내가 존경하는 선생님! 이렇게 끔찍한 모습이 되시다니! 대체 무슨 불행을 당하셨나요? 왜 세상에서 가장 아름다운 성에 계시지 않는 겁니까? 처녀 중의 진주이며 자연이 빚은 걸작인 퀴네공드 양은 어떻게 되었나요?"

"난 더는 못 버티겠네." 하고 팡글로스가 말했다.

캉디드는 곧장 그를 재침례교도의 외양간으로 데려가 빵을 조금 먹게 했다. 팡글로스가 기운을 차리자 캉디드가 말했다.

"그런데 퀴네공드 양은요?"

"죽었다네."라고 팡글로스가 말을 이었다.

이 말을 듣고 캉디드는 기절했다. 팡글로스는 우연히 외양간에 있던 시큼한 식초로 정신을 차리게 했다. 캉디드가 눈을 다시 떴다.

"퀴네공드가 죽다니! 아! 최선의 세상이란 도대체 어디 있단 말입니까? 그런데 무슨 병으로 죽었지요? 그녀 아버지의 아름다운 성에서 제가 발로 엉덩이를 채여 쫓겨나는 것을 보고 그렇게 된 것은 아니겠지요?"

"아니네. 퀴네공드 양은 불가리아 군인들이 배를 갈라 죽였지. 능욕을 당할 대로 당한 후였네. 병사들은 그녀를 보호하려는 남작님의 머리에 총을 쏘아 죽였고, 남작 부인 마님은 토막을 내어 죽였지. 내가 가르친 남작 아드님도 그의 누이와 똑같이[15] 당했다네. 성은 주춧돌 하나, 헛간 하나 남지 않았고, 양 한 마리, 오리 한 마리, 나무 한 그루 남지 않았네. 그렇지만 우리도 복수를 한 셈이야. 왜냐하면 아바르인들이 불가리아 영주인 이웃 남작의 성을 우리가 당한 것과 아주 똑같이 만들어주었으니까."

이 말에 캉디드는 다시 기절했다. 그러나 곧 정신을 차리고

---

15 불가리아인들의 동성연애를 암시하고 있다. (옮긴이 주)

옛 스승에게 위로의 인사를 하고 나서는 팡글로스가 이처럼 비참한 상태에 빠지게 된 원인과 결과 및 충족이유를 따져 물었다.

"애석하게도! 사랑 때문이지. 사랑 말이야. 인류의 위안자요 우주의 수호자이며 모든 다감한 존재의 영혼인 그 달콤한 사랑 말이야." 하고 팡글로스가 말했다.

"슬프군요! 그 사랑, 마음의 군주이자 우리 영혼의 정수인 사랑이 뭔지 저도 알지요. 제게 사랑의 값어치는 고작 입맞춤 한 번에 발길질 스무 번이었답니다. 그런데 어떻게 해서 그 아름다운 원인이 선생님께는 이렇게도 끔찍한 결과를 낳았단 말입니까?"

캉디드의 말에 팡글로스가 이렇게 대답하였다.

"오 친애하는 캉디드! 당당하신 남작 부인의 예쁜 시녀 파케트를 그대도 알지. 나는 그녀의 품에 안겨 천국의 달콤한 열락을 맛보았는데, 그것이 지옥의 고통을 가져와 자네도 보다시피 나를 만신창이로 만들었다네. 그녀는 이미 그 병에 걸려 있었지. 아마도 그 병으로 죽었을 거야. 파케트는 이 선물을 매우 박식한 성프란체스코 수도회의 한 수사에게서 받았는데, 수사는 그 병의 근원을 거슬러 올라가 따져 볼 수 있었을 정도로 매우 박식했지. 수사는 어떤 나이 든 백작 부인에게서, 그 부인은 한 기병대장에게서, 그 대장은 한 후작 부인에게서, 후자 부인은 어느 시동에게서, 시동은 한 예수회 수사에게서, 수사는 수련기간 중에 크리스토퍼 콜럼버스 일행중 한 사람으로부터 직접 옮은 것이지. 하지만 나는 아무에게도 이 병을 옮겨주지 않을 것이네. 나는 죽어가고 있으니까 말이야."

캉디드가 외쳤다.

"오, 팡글로스 선생님! 참 이상한 계보로군요. 그 근원은 악마가 아닐까요?"

"전혀 그렇지 않네. 이 병은 이 최선의 세상에서 필수불가결한 것이며 꼭 필요한 요소였지. 만약 콜럼버스가 아메리카 대륙의 한 섬에서, 생식의 근원을 좀먹을 뿐 아니라 종종 생식을 불가능하게까지 하며 자연의 큰 섭리에 맞서는 이 병에 걸리지 않았더라면 우리는 초콜릿도 입술연지도 얻을 수 없었을 것이네. 종교적이고 이념적인 논쟁이 그렇듯 이 병은 오늘날까지도 우리 유럽 대륙에만 있는 것이라는 점을 주목해야 하네. 터키, 인도, 페르시아, 중국, 시암(태국의 옛 명칭 ─옮긴이 주), 일본 사람들은 아직 이 병을 모르지. 그렇지만 몇 백년 뒤에는 그들도 이 병을 알게 될 만한 충족이유가 있어. 어쨌든 지금 이 병은 우리 사회에 놀랄 만큼 번지고 있지. 용감하고 잘 훈련되고 나라의 운명을 결정하는 용병들로 이루어진 군대에서는 특히나…… 병사 3만 명이 같은 수의 적군과 대전을 벌일 때, 매독 환자가 양쪽 진영에 2만 명씩은 된다고 내 장담할 수 있네."

"참 놀랄 만한 일이군요. 그런데, 선생님을 낫게 해드려야요." 하고 캉디드가 말했다.

"어떻게 치료를 받겠나? 여보게, 나는 한 푼도 없네. 지상의 어떤 곳에서도 돈 없이는 나쁜 피를 뽑아내거나 관장을 하는 등의 치료를 받을 수 없지. 나 대신 돈을 치러줄 사람이나 있다면 몰라도." 하고 팡글로스가 말했다.

이 마지막 말에 캉디드는 결심을 했다. 그는 인정 많은 재침
례교도 자크에게 가서 간청을 했다. 그가 어찌나 스승의 상황을
감동적으로 묘사했던지, 이 착한 사람은 주저 없이 팡글로스 박
사님을 자기 집으로 데려오게 했다. 선한 자크가 비용을 대어 팡
글로스는 치료를 받게 되었다. 그는 한쪽 눈과 한쪽 귀만 잃고서
쾌유되었다. 그는 글씨를 잘 쓰고 숫자에 밝았으므로 자크는 그
를 장부 담당자로 삼았다. 두 달 뒤 자크는 사업차 리스본에 갈
일이 생겨 그 두 철학자도 같은 배에 태우고 갔다. 팡글로스는 어
떻게 이 세상의 모든 것이 최선으로 되어 있는지를 자크에게 설
명했다. 자크는 그 의견에 동의하지 않았다.

"인간은 천성을 어느 정도 타락시킬 수밖에 없습니다. 늑대로
태어나는 것은 절대 아닌데 늑대가 되어버리거든요. 신은 인간에
게 대포도 총검도 주지 않았지요. 그런데 인간은 그것들을 만들
어내어 스스로를 파멸시키고 있지요. 파산의 경우를 예로 들어보
자면, 법이라는 것도 파산자의 재산을 빼앗아 결국 채권자도 그
것을 갖지 못하게 만드는 것이거든요."라고 자크가 말했다.

"그 모두가 필수불가결한 것들입니다. 소수의 불행은 일반 대
중의 이익이 되지요. 그러니까 소수가 불행하면 할수록 모든 사
람들에게는 더 좋은 것이지요." 하고 애꾸눈 박사인 팡글로스는
말하였다.

그가 이렇게 이치를 따지는 사이에 날이 어두워지고 사방에

서 바람이 불어대더니, 리스본 항을 바로 눈앞에 둔 지점에서 끔찍한 폭풍우가 배에 몰아닥쳤다.

제5장

폭풍과 파선과 지진, 그리고 팡글로스 박사,
캉디드, 재침례교도 자크는 어떻게 되는가

승객의 반은 배가 요동치는 바람에 몸이 좌우로 흔들려 오장
육부가 뒤틀리는 참을 수 없는 고통에 기진맥진해서 불안해할 여
지조차 없었다. 나머지 반은 소리를 지르고 기도를 하였다. 돛이
찢어지고 돛대도 부서지고 배는 갈라졌다. 움직일 수 있는 사람
들은 다들 무슨 일이든 했지만, 서로 손발이 맞지 않았고 지휘하
는 사람은 아무도 없었다. 재침례교도 자크는 항해의 조종을 돕
고 있었다. 그는 상갑판 위에 있었는데, 광분한 선원 하나가 그를
호되게 때려 바닥에 넘어뜨렸다. 그 바람에 그 선원도 몸의 균형
을 잃어 머리부터 배 밖으로 떨어졌다. 그 선원은 부서진 돛대에
가까스로 매달릴 수 있었다. 착한 자크가 그를 구하려고 달려가
끌어 올려주었다. 그러느라고 힘을 쓰다가 그는 그만 선원의 눈
앞에서 바다에 빠지고 말았다. 그 선원은 그를 거들떠보지도 않
고 그냥 죽게 내버려두었다. 그쪽으로 다가간 캉디드는 은인 자

크가 잠시 물 위로 떠올랐다가 바닷속에 아주 잠겨버리는 모습을 보았다. 캉디드는 그를 따라 바닷속으로 몸을 던지려 했으나, 철학자 팡글로스는 리스본 항만이 워낙 재침례교도가 익사하게끔 만들어져 있다는 사실을 입증하며 그러지 못하게 말렸다. 그가 이 논리를 '선험적으로' 증명해 보이는 동안 배가 두 쪽으로 갈라져 모두 물에 빠져 죽고 팡글로스, 캉디드, 그리고 아까 덕망 높은 자크를 빠져 죽게 만든 못된 선원만 살아남을 수 있었다. 못된 선원은 헤엄쳐서 바닷가에 닿는 데 성공했고, 팡글로스와 캉디드는 널빤지를 타고 바닷가로 왔다.

그들은 좀 정신이 들자 리스본을 향해 걸었다. 그들의 수중에는 돈이 조금 남아 있어, 그들은 이 돈으로 우선 폭풍우를 피하고 굶주림을 면할 수 있으리라고 기대했다.

은인 자크의 죽음을 슬퍼하는 눈물을 흘리며 도시에 발을 들여놓자마자 그들은 발밑에서 땅이 흔들리는 것을 느낀다.[16] 항구에서는 바다가 부글부글 끓듯이 솟구쳐 올라 정박 중인 배들을 부순다. 불꽃과 재의 회오리가 거리와 광장을 온통 휩쓸고 다닌다. 집이 무너지고 지붕이 주춧돌 위로 내려앉고, 주춧돌은 산산조각 나서 흩어진다. 남녀노소 3만 명의 주민이 그 잔해더미에 깔렸다. 선원은 휘파람을 불며 이렇게 단언하며 말했다.

"여기서 건질 것이 좀 있겠는데."

---

16 앞서 13번 각주에서도 설명했듯이, 이 부분도 현재시제로 서술되고 있다. (옮긴이 주)

팡글로스가 말했다.

"이 상황의 충족이유는 대체 무엇일까?"

캉디드는 이렇게 외쳤다.

"이게 바로 세상 최후의 날이로군요!"

선원은 즉시 폐허의 한복판으로 죽음을 무릅쓰고 뛰어가더니 여기저기 뒤져 돈을 찾아내서 그 돈을 슬쩍 착복하고, 술도 흠씬 취하도록 마신다. 그리고는 술이 깨자 집들이 무너진 폐허에서, 죽은 사람들과 죽어가는 사람들 틈에서, 맨 처음 마주친 아가씨를 돈으로 사고 있었다. 팡글로스가 그의 소매를 잡아당겼다.

"여보게, 이렇게 행동하는 것은 옳은 일이 아니네. 자네에겐 보편적 이성이 결핍되어 있군. 지금은 그런 짓을 할 때가 아닐세."

"빌어먹을! 나는 뱃놈이고 바타비아에서 태어났소. 네 번 일본에 가서 네 번 십자가를 밟고 지나갔지. 그런 놈에게 보편적 이성이라니, 무슨 말 같지 않은 소리야!"라고 선원은 대꾸했다.

갑자기 떨어진 돌무더기에 캉디드가 다쳤다. 그는 길에 쓰러져 폐허의 잔해 속에 파묻혔다.

그는 팡글로스에게 말했다.

"아! 제게 포도주와 기름 좀 구해다주세요. 죽을 것 같아요."

"이번 지진은 전혀 새로운 것이 아니라네. 작년에 아메리카 대륙의 리마 시도 이와 같은 지진을 겪었지. 같은 원인들에는 같은 결과들이 따르는 법인지라, 틀림없이 리마에서 리스본까지 지하에 유황길이 뻗어 있을 거야." 하고 팡글로스가 말했다.

"참 그럴 듯한 생각이군요. 그런데 제발 포도주와 기름을 좀 주세요." 캉디드가 말했다.

"뭐라고, 그럴 듯하다고? 이미 입증된 사실이라니까." 철학자가 대꾸했다.

마침내 캉디드가 의식을 잃자 팡글로스가 근처 샘에서 물을 조금 가져다주었다.

다음날 그들은 잔해 틈바구니를 헤치고 다니면서 양식을 찾아내어 요기하고 기력을 조금 회복했다. 그러고 나서 죽음을 모면한 주민들을 다른 사람들과 함께 도왔다. 그들이 구출한 몇몇 주민들이 재난의 와중에도 할 수 있는 한 정성껏 점심을 차려주었다. 정말이지 서글픈 식사였다. 함께 모인 사람들은 눈물로 빵을 적셨다. 하지만 팡글로스는 이 모든 일이 일어난 것은 달리 어쩔 수 없는 것이라고 단언하며 그들을 위로했다.

"이 모든 것이 최선의 상태이기 때문입니다. 왜냐하면 리스본에 있는 화산은 다른 곳에는 있을 수 없기 때문이고, 사물은 현재 있는 곳에 있지 않을 수 없기 때문이고, 모든 것이 잘되어 있기 때문입니다."

종교 재판소의 하급 관리를 맡고 있는 자그마한 흑인이 그의 옆에 있다가 정중히 말을 받아 이렇게 말했다.

"선생님은 원죄를 믿지 않으시는군요. 만약에 모든 것이 최선으로 되어 있다면 타락도 없고 벌도 없어야 되지 않겠어요?"

팡글로스가 더욱 공손히 대답했다.

"대주교 예하께는 대단히 죄송합니다만, 저는 인간의 타락과 저주도 필연적으로 이 최선의 세계의 한 부분이라고 생각합니다."

"그럼 선생님은 자유를 믿지 않으십니까?"라고 하급 관리가 말했다.

"예하께 죄송합니다만, 자유는 절대적 필연과 함께 존속할 것입니다. 우리가 자유로워야 하는 것은 필연적인 것이었으니까요. 왜냐하면 결국 확고한 의지란……"

팡글로스가 한참 말하고 있는데, 그 하급 관리는 '포르투'인지 '오프르투'인지 하는 마을에서 생산된 포도주를 따르고 있는 하인에게 고갯짓으로 신호를 보냈다.

제6장

지진을 막기 위한 멋진 화형식이
어떻게 거행되며, 캉디드는 왜 볼기를 맞는가

지진이 리스본의 4분의 3을 휩쓸고 지나간 뒤, 이 나라의 현자들은 도시의 완전한 파멸을 막기 위하여 사람들이 보는 앞에서 그럴 듯한 종교재판 화형식을 거행하는 것이 가장 효과적인 방법이라고 생각하였다. 코임브라 대학은, 몇 사람을 골라 장엄한 의식 속에서 약한 불에 태워 죽이는 장면을 연출하는 것이 지진을 막는 기막힌 비법이라고 결정을 내렸다.

그리하여 한 명의 비스케 사람을 자신이 대부를 선 아이의 대모와 결혼했다는 죄목으로 잡아들이고, 두 명의 포르투갈인을 닭고기의 비곗살을 떼고 먹었다는 이유로 잡아들였다. 점심 식사 후에 그들은 팡글로스 박사와 그의 제자 캉디드를 체포하러 왔다. 팡글로스는 말을 했기 때문에, 캉디드는 동조하는 기색으로 그 말을 들었기 때문에 체포하는 것이라고 했다. 그들은 싸늘하기 이를 데 없고 햇볕이라고는 든 적이 없는 독방에 각각 갇혔다.

일주일이 지나자 그들은 산베니토[17]를 두 죄인에게 입혔고, 머리에는 종이로 만든 원뿔형 모자를 씌웠다. 캉디드의 모자와 옷에는 거꾸로 선 불꽃과 꼬리도 발톱도 없는 악마가 그려져 있었다. 하지만 팡글로스의 모자와 옷에 그려진 악마는 발톱과 꼬리가 있고, 불꽃은 똑바로 솟아 있었다. 그들이 이런 차림으로 행진을 하는 동안 아주 비장한 설교와 장중하고 아름다운 성가 합창이 들렸다. 캉디드는 성가의 박자에 맞춰 볼기를 맞았고, 비스케 사람과 닭고기 비계를 먹기 싫어한 남자 두 사람은 화형 당했으며, 목매달아 죽이는 것이 관례가 아닌데도 팡글로스는 교수형에 처해졌다. 바로 그때 굉음을 내며 또다시 지진이 일어났다.

캉디드는 놀라서 말문이 막히고 얼떨떨하여 온몸이 피투성이가 된 채 바르르 떨며 자문했다.

"이것이 모든 가능한 세계 가운데서 최선의 세상이라면 다른 세상은 도대체 어떤 세상이란 말인가? 내가 볼기를 맞은 거야 불가리아 군대에서도 당했던 일이라고 치자. 그러나 내 소중한 스승 팡글로스! 가장 위대한 철학자인 당신이 왜 사람들이 보는 앞에서 교수형을 당해야 했단 말인가! 난 그 이유를 모르겠어! 오, 내 친애하는 재침례교도여! 이 세상에서 가장 착한 그대는 왜 항구에서 이사해야 했단 말인가! 오, 퀴네공드 양이여! 처녀 중의 진주인 그대는 왜 배가 갈려 죽어야 했단 말인가!"

17　종교재판소에 의해 화형에 처해지는 죄수가 입는 노란색 옷. (옮긴이 주)

캉디드는 훈계를 듣고 볼기를 실컷 맞은 다음 석방되어 축복까지 받고 가까스로 몸을 추스려 돌아가고 있는데 웬 노파가 다가와서 말을 걸었다.

"여보시오, 기운을 내고, 나를 따라 오시구려."

제7장

노파는 캉디드를 어떻게 돌보았으며,
캉디드는 사랑하는 사람을 어떻게 다시 만나게 되었는가

캉디드는 전혀 기운이 나지 않았으나 노파를 따라 오두막집으로 갔다. 노파는 상처에 바를 연고 한 통을 주고 먹을 것과 마실 것을 갖다 주었다. 그러고 나서 제법 깨끗한 작은 침대로 데리고 갔다. 침대 옆에는 옷 한 벌이 놓여 있었다.

"먹고 마시고 푹 자요. 아토차의 성모 마리아와 파도바의 성 안토니오 그리고 콤포스텔라의 성 야고보께서 당신을 돌보아주시기를! 나는 내일 다시 오겠소."

캉디드는 그가 보았던 일과 당했던 고통, 게다가 노파의 자비로움 때문에 여전히 놀란 채 그녀의 손에 입맞춤을 하려 했다.

"입맞추어야할 손은 내 손이 아니라오. 내일 또 오겠소. 약을 바른 다음 먹고 자도록 해요." 하고 노파가 말했다.

캉디드는 그토록 많은 불행을 겪었음에도 불구하고 음식을 먹고 푹 잤다. 다음날 노파가 아침 식사를 가져왔고, 등을 살펴보더니 손수 다른 연고로 문질러주었다. 이어 점심 식사를 가져왔고, 저녁때가 되니 다시 저녁 식사를 가져왔다. 그 다음날도 똑같은 일이 반복되었다.

"당신은 도대체 누구십니까? 누가 당신을 시켜 이토록 선한 일을 제게 베풀어주신단 말입니까? 이 은혜를 어떻게 갚아야 하나요?"하고 캉디드가 말했다.

착한 노파는 여전히 아무런 대답도 하지 않았다. 그녀는 그날 저녁에 다시 왔으나 이번에는 저녁 식사를 가져오지 않았다.

"아무 말도 하지 말고 나를 따라와요." 하고 그녀가 말했다.

그녀는 캉디드의 팔을 부축하고 대략 400미터 정도의 시골 길을 걷는다.[18] 그들은 정원과 해자로 둘러싸인 외딴 저택 앞에서 발을 멈춘다. 노파가 작은 문을 두드린다. 문이 열린다. 노파는 비밀 계단을 지나 캉디드를 금빛 찬란한 방의 비단 소파에 데려다 앉히고 문을 닫고 나간다. 캉디드는 지금 꿈을 꾸고 있다고 생각했다. 그러자 이제까지 지나온 날들은 악몽이었고, 지금 이 순간은 기분 좋은 꿈인 듯했다.

잠시 후 노파가 나타났다. 그녀는 바들바들 떨고 있는 위엄있는 체구에 보석으로 찬란하게 장식하고 베일을 쓰고 있는 한 여인을 힘겹게 부축하며 나타났다.

"이 베일을 벗겨보세요." 노파가 캉디드에게 말했다.

---

18 이 부분도 현재시제가 병행되어 서술되고 있다. (옮긴이 주)

젊은이가 다가가서 수줍게 떨리는 손으로 베일을 들어올린
다. 이 무슨 일인가! 얼마나 놀라운 일인가! 그는 퀴네공드 양을
보고 있다고 생각한다. 사실 그는 그녀를 보았던 것이고, 바로 그
녀였다. 그는 맥이 빠져 한마디 말도 못하고 그녀의 발치에 쓰러
진다. 퀴네공드도 소파 위에 쓰러진다. 노파가 그들의 정신을 들
게 하기 위해 독한 술을 퍼붓자 그들은 정신이 들어 서로 얘기하
기 시작한다. 처음에는 끊어진 단어들만을 겨우 주고받았고, 서
로 동시에 묻고 답하다가, 한숨과 눈물과 탄식이 터져 나온다. 노
파는 너무 떠들지 않는 것이 좋겠다고 하다가 곧 그냥 놔둔다.

캉디드가 말했다.

"이럴 수가! 당신이군요. 당신이 살아 있다니요! 당신을 포르
투갈에서 만나다니요! 팡글로스 선생님이 말했듯이, 당신은 능
욕당하고 배가 갈린 것이 아니었나요?"

아름다운 퀴네공드가 말했다.

"맞아요. 그렇지만 그 두 사건이 일어났다고 해서 꼭 죽으란
법은 없으니까요."

"그럼, 당신의 아버지와 어머니가 돌아가신 것은 사실입니
까?"

"그것은 불행하게도 사실이랍니다." 퀴네공드는 울면서 대답
했다.

"당신 오빠는요?"

"오빠도 죽었지요."

"그렇다면 당신은 포르투갈에 어떻게 오게 되었나요? 그리고 내가 이곳에 있는지를 어떻게 알았지요? 그리고 어떤 연유로 나를 이 집으로 데려오게 되었나요?"

"다 말하겠어요. 하지만 그 전에, 당신이 우리의 순진한 입맞춤 탓으로 내쫓긴 후에 겪었던 모든 일들을 말해주셔야 해요." 하고 그녀가 말했다.

캉디드는 그녀의 말에 순순히 따라, 아직 어리둥절한 채 목소리가 떨리고 허리가 아프기는 했지만, 그녀와 헤어진 후에 겪었던 일들을 꾸밈없이 모두 말해주었다. 퀴네공드는 가끔씩 허공을 쳐다보았고, 선한 재침례교도 자크와 팡글로스가 죽었다는 말을 듣고는 눈물을 흘렸다. 그리고는 그녀가 겪은 일을 캉디드에게 이야기하였다. 캉디드는 삼킬 듯이 그녀를 쳐다보며 한마디라도 놓칠세라 열심히 들었다.

제8장

퀴네공드의 이야기

"아름다운 우리 툰더 텐 트롱크 성에 무심한 하늘이 불가리아인을 보냈을 때, 나는 잠자리에 들어 깊이 자고 있었지요. 그들은 우리 아버지와 오빠의 목을 베고 어머니의 몸을 토막 냈어요. 이 광경을 보고 내가 의식을 잃자, 6피트나 되는 장신의 불가리아인이 나를 겁탈하기 시작했어요. 그 바람에 나는 정신을 차렸고, 의식을 회복하자 소리 지르고 발버둥치고 물어뜯고 할퀴며 그 키가 큰 불가리아인의 눈을 뽑아버리려고 했어요. 우리 아버지의 성에서 일어난 그 모든 일이 세상에서는 흔히 일어나는 일이라는 것을 난 그때만 해도 몰랐지요. 그 무뢰한이 나의 왼쪽 옆구리를 칼로 찔러서 아직도 여기 그 상처가 남아 있답니다."

"오! 맙소사! 그 상처를 보고 싶군요." 순진한 캉디드가 말했다.

"나중에 보여드릴게요. 지금은 하던 이야기를 계속할게요." 하고 퀴네공드가 말했다.

"계속하세요." 캉디드가 말했다.

그녀는 다시 자신의 이야기를 이어나갔다.

"그때 마침 한 불가리아인 대위가 들어와서 피투성이가 된 내 모습을 보았고, 병사는 날 덮친 채 움직이지도 않는 거예요. 대위는 그 짐승 같은 작자를 보고 상관에 대한 예의도 모른다고 화를 내며 내 몸 위에 있는 그를 죽였지요. 그런 다음 대위는 사람들을 시켜 내 상처를 붕대로 감아주었고, 나를 전쟁포로로 자기 진영에 데려갔어요. 나는 그의 몇 벌 안 되는 내의를 빨아주고 음식도 해주었죠. 고백해야겠는데 그는 나를 아주 예쁘게 보았어요. 그가 체격도 썩 좋고, 피부도 희고 부드러웠다는 것을 굳이 부인하진 않겠어요. 그런데 그는 아무 생각도 철학도 없는 사람이었죠. 누가 봐도 팡글로스 박사 같은 사람의 가르침을 받지 못하고 자란 티가 났어요. 석 달이 지나서 가진 돈이 다 떨어지고 내게도 싫증이 나자, 그는 나를 네덜란드와 포르투갈에서 암거래상을 하며 여자라면 물불을 가리지 않던 이사카르 경이라는 한 유대인에게 팔아넘겼지요. 그 유대인은 내 몸에 무척 집착했어요. 그렇지만 그는 뜻을 이루지는 못했습니다. 나는 불가리아 병사에게 저항했던 것보다 더 완강하게 그를 거부했거든요. 명예를 중시하는 여인은 능욕을 한번 당했다 하더라도, 그 다음에 정조관념이 더욱 강해지는 법이니까요. 그 유대인은 나를 손아귀에 넣으려고 당신이 보고 있는 이 별장에 데려다놓았지요. 그때까지 나는 이 세상에 툰더 텐 트롱크 성보다 더 아름다운 성은 없는 줄 알았는

데, 여기 와 보니 그게 아니더군요.[19]

　"어느 날 종교재판소의 대심문관이 미사 중에 나를 보게 됐어요. 그는 내게 추파를 던지더니 나한테 은밀히 할 말이 있다는 전갈을 보냈죠. 나는 그의 성으로 인도되었고, 내 신분을 말했어요. 그는 내가 유대교도에게 매여 있다는 것이 얼마나 신분에 맞지 않는 일인지 설명해주더군요. 대심문관 측에서 이사카르 경에게 사람을 보내 나를 예하께 넘기라고 했어요. 왕실의 은행가로 신망이 높은 이사카르 경은 그 청을 거절했어요. 대심문관이 화형에 처하겠다고 위협했어요. 결국 그 유대인은 겁이 나서 이 집과 나를 대심문관과 공동소유로 하겠다는 협약을 맺었지요. 유대인은 월요일, 수요일 그리고 유대교 안식일인 토요일에 나를 소유하고, 대심문관은 그 나머지 날에 나를 소유하기로 정했어요. 지금까지 반 년 동안 이 협정은 지켜지고 있어요. 말썽이 없었던 것은 아니지요. 토요일 밤에서 일요일 새벽까지는 옛 법을 적용할 것인지 새 법을 적용할 것인지 불분명한 경우가 많았거든요. 나는 지금까지 양쪽 법을 다 거부하고 버텨왔어요. 아마 그래서 내가 아직도 사랑을 받고 있는 것 같아요.

　"마침내 지진이라는 재앙을 피할 겸, 이사카르 경에게 겁도 줄 겸해서 대심문관 예하는 기꺼이 화형식을 거행했지요. 그는 영광스럽게도 나를 그 현장에 초대해주었답니다. 자리도 아주 좋

19　" "에서 같은 화자의 말이 계속 이어지면 뒤에 오는 "는 생략했다. (옮긴이)

은 데에 앉혀주더군요. 미사가 끝나고 형이 집행되기 전에 여자들에게는 음료수가 나왔어요. 나는 그때 이미 두 명의 유대인과, 자신이 대부를 선 아이의 대모와 결혼한 비스케 사람이 불에 타 죽는 것을 보고 공포에 질려 있었지요. 그런데 산베니토를 입고 뾰족한 모자를 쓴 사람이 팡글로스와 비슷하게 생긴 것을 보니 얼마나 놀라고 겁이 나고 괴로웠겠어요! 눈을 비비고 자세히 보니, 정말 팡글로스 박사가 목매달려 있는 거예요. 나는 기절하고 말았지요. 겨우 다시 정신을 차리니 발가벗겨진 당신의 모습이 보였어요. 세상에 그렇게 무섭고 황당하고 괴롭고 절망스러울 수가! 사실대로 말씀드리면, 당신의 피부는 불가리아인 대위보다 더욱 희고 더욱 완벽한 살빛을 띠고 있었어요. 그런 모습을 보니, 나를 짓누르고 괴롭히고 있던 감정이 더욱 격해졌지요. '그만 해, 이 야만인들아!'라고 소리치고 싶었어요. 하지만 목소리가 나오지 않았고, 외쳐본들 소용도 없었을 거예요. 당신이 흠씬 볼기를 맞고 난 뒤에는 '어떻게 이럴 수가 있는가, 내 사랑 캉디드와 현자 팡글로스가 리스본에서, 나를 총애하는 대심문관 예하의 명령으로, 한 명은 백 대의 태형을, 다른 한 명은 교수형을 받게 되다니! 팡글로스는 세상의 모든 것이 최선으로 잘 되어간다더니, 나를 지독히 잘도 속였구나!' 이런 생각이 들었어요.

"흥분하고 당황한 채 때로는 정신을 잃고 때로는 기진맥진하여 곧 죽을 것만 같은 나의 머릿속에 주마등처럼 지난 일들이 떠올랐어요. 아버지, 어머니, 오빠가 학살당한 일, 천한 불가리아 병사의 무례한 행동, 그 병사가 칼로 나를 찌른 일, 노예로 전락한 나, 부엌데기 생활, 불가리아인 대위, 몹쓸 아사카르 경, 저주받을 대심문관, 팡글로스 박사의 교수형, '자비를 베푸소서'라는 성가가 장중하게 울려 퍼지는 가운데 볼기를 맞고 있는 당신의 모습, 그리고 특히 당신을 마지막 보던 날 병풍 뒤에서 내가 당신에게 입 맞춘 일이 생각났지요. 그 수많은 역경을 거쳐 결국 내게로 당신을 인도해주신 하느님께 감사드렸답니다. 나는 노파를 불러 당신을 돌보아주고 가능한 한 빨리 이곳으로 데려오라고 시켰죠. 할멈이 심부름을 잘해주어서 나는 당신을 다시 만나 당신 얘기를 듣고 당신에게 얘기를 하는, 이루 말할 수 없는 기쁨을 맛보게 된 것이랍니다. 당신, 무척 시장하시겠군요. 나도 몹시 배가 고파요. 우선 저녁 식사부터 들도록 하죠."

두 사람은 식탁에 앉아 저녁 식사를 한 뒤 앞에서 말한 그 훌륭한 소파에 다시 앉았다. 그때 집주인 중 한 사람인 이사카르 경이 왔다. 그 날은 유대교의 안식일인 토요일이었다. 그는 자신의 권리를 누리러, 즉 그녀에게 애틋한 사랑을 속삭이러 온 것이었다.

제9장

퀴네공드, 캉디드, 대심문관과
유대인에게 무슨 일이 일어나는가

이사카르라는 자는 유대민족이 바빌론의 포로 생활을 한 이후로 가장 성을 잘 내는 자였다.

"뭐라고, 이런 개 같은 갈릴리 년! 대심문관 나리만으로도 충분하지 않냐? 내가 이 건달 놈과도 너를 나누어야 한단 말이냐?"

이렇게 말하며 그는 항상 차고 다니던 약간 긴 단검을 뽑아 상대방이 무기를 갖고 있으리라고는 생각도 못 한 채 캉디드에게 달려든다. 하지만 우리의 착한 베스트팔렌 사람은 노파로부터 옷 한 벌과 함께 훌륭한 칼도 받았었다. 비록 심성이 매우 유순한 사람이었지만 캉디드는 검을 빼어 유대인을 마룻바닥 위, 아름다운 퀴네공드의 발 앞에 즉사시켰다.

"오, 성모님! 이제 나는 어떻게 되나요? 이 집에서 살인이 일어나다니! 경찰이 오면 우린 끝이에요."

이렇게 퀴네공드가 울부짖자, 캉디드가 말했다.

"팡글로스 선생님이 교수형을 당하지 않았더라면 이런 극한 상황에서 좋은 조언을 해주셨을 텐데. 그분은 위대한 철학자시니까요. 하지만 그분이 안 계시니 할멈에게라도 물어봅시다."

노파는 무척 신중한 사람이었고, 자기의 의견을 말하기 시작했다. 그때 다른 쪽 작은 문이 열렸다. 벌써 자정을 넘어 새벽 한 시였다. 일요일이 시작되었다. 일요일은 대심문관 각하의 날이었다. 그가 들어와 며칠 전 종교화형식에서 볼기를 맞았던 캉디드가 손에 검을 들고 있는 모습, 시체 하나가 바닥에 있는 모습, 겁에 질려 어쩔 줄 모르는 퀴네공드, 그들에게 충고를 해주고 있는 노파를 본다.

바로 이 순간, 캉디드의 마음속에 스쳐간 생각과 판단은 다음과 같았다. '만약 이 성직자가 사람을 부른다면 나는 틀림없이 화형당할 것이다. 아마 퀴네공드도 마찬가지 신세가 될 것이다. 그는 내게 잔인하게 태형을 가했을 뿐 아니라 나의 연적이기도 하다. 어차피 나는 사람을 죽이지 않았는가? 망설일 것 없다.'

이렇듯 신속하고 분명한 판단을 내린 캉디드는 어리둥절해 있던 대심문관이 정신을 차릴 틈도 주지 않고 그의 몸을 칼로 꿰뚫어 유대인 옆에 던진다.

"또 한 사람이 죽었으니 우린 이제 도저히 용서받을 수 없게 되었어요. 우리는 교회에서 파문당할 거예요. 우린 이제 마지막이에요! 당신처럼 천성이 부드러운 사람이 어떻게 눈 깜짝할 사이에 유대인 한 사람과 고위 성직자 한 사람을 죽였지요?" 퀴네공드가 말했다.

"내 아름다운 아가씨! 사람이 사랑에 빠지고, 질투에 불타고, 게다가 종교재판으로 매질까지 당하고 나면 그땐 물불 안 가리게 되요."라고 캉디드가 대답했다.

그때 노파가 말했다.

"마구간에 안달루시아 산의 훌륭한 말 세 필이 있고, 안장과 고삐도 있어요. 용감한 캉디드님은 말들을 준비시키시고, 마님은 포르투갈 금화와 다이아몬드를 챙기세요. 비록 내가 한쪽 엉덩이밖에 걸칠 수 없는 신세지만, 빨리 말을 타고 스페인의 카디스 항구로 갑시다. 그곳은 세상에서 가장 날씨가 좋답니다. 상쾌한 밤에 여행하는 것도 즐거운 일이랍니다"

즉시 캉디드는 말 세 필에 안장을 얹는다. 그는 퀴네공드와 노파와 함께 단숨에 50킬로미터를 달린다. 그들이 멀리 도망가는 동안 스페인 도시동맹 소속의 지역 경찰이 집에 들이닥친다. 사람들은 죽은 대심문관을 아름다운 성당에 매장하고, 이사카르는 길가 쓰레기장에 던져버린다.

한편 캉디드와 퀴네공드와 노파는 이미 시에라모레나 산맥의 중턱에 있는 아바세나라는 작은 마을에 들어섰다. 그들은 마을의 한 주막에서 이런 이야기를 나누었다.

제10장

캉디드, 퀴네공드와 노파가 어떤 곤경을
헤치고 카디스에 도착하여, 배를 타게 되나

퀴네공드가 울면서 말했다.

"도대체 누가 내 돈과 다이아몬드를 훔쳐갔을까? 이제 어떻게 살죠? 우린 무얼 하죠? 내게 돈을 줄 심문관들과 유대인들을 어디서 구하죠?"

노파가 말했다.

"맙소사! 이건 어제 바다호즈에서 우리와 같은 여인숙에 묵었던 프란치스코회 수사 짓이야. 하느님, 경솔한 판단[20]을 내리지 않도록 저를 지켜주소서! 하지만 그 사람이 우리 방에 두 번이나 들어왔었고, 우리보다 훨씬 먼저 떠났거든요."

캉디드가 말했다.

"세상에 이럴 수가! 착한 팡글로스 선생님은, 세상의 재산은

---

20 충분한 증거가 없는 불리한(모순된) 판단은 사실 기독교의 애덕에 반대되는 것이다. (옮긴이 주)

모든 사람의 공동소유이므로 누구든 똑같이 소유할 권리가 있다는 걸 입증해 보이시곤 했지요. 그러나 그 이론에 따른다 할지라도 그 프란치스코회 수사는 최소한 우리가 여행을 마칠 만한 돈은 남겨놓았어야 해요. 그런데 한 푼도 남겨놓지 않고 몽땅 털어가버렸단 말인가요, 내 아름다운 퀴네공드?"

"동전 한 푼 안 남겼어요." 그녀가 말했다.

"어떻게 할까요?"

캉디드가 묻자 노파가 말했다.

"말 한 필을 팝시다. 내가 비록 한쪽 엉덩이밖에 없는 몸이지만 아가씨가 탄 말 꽁무니에 걸터앉아 가면 카디스에 도착할 수 있을 거예요."

그들이 묵은 여인숙에 베네딕토회 수도원의 한 원장이 있었는데, 그가 말 한 필을 헐값에 샀다. 캉디드와 퀴네공드와 노파는 루체나, 치야스, 레브리사를 거쳐 마침내 카디스에 도착했다. 마침 그곳에서는 큰 함대를 의장[21]하는 중이었다. 파라과이의 예수회 신부들이 산사크라멘토 시 근처에서 포르투갈과 스페인의 왕들에 대항하여 그들의 패거리로 하여금 반란을 일으키게 하였다고 하여, 그 신부들을 설득하기 위해서 병사를 모집하고 있었던 것이다. 한때 불가리아 군인이었던 캉디드는 소규모 군대를 거느린 장군 앞에서 아주 신속하고 품위 있고 민첩하고 자신만만하고 유연하

---

21 출범 준비를 함. (옮긴이 주)

게 불가리아식 훈련 시범을 보였다. 즉시 캉디드에게 일개 보병중대의 지휘권이 주어졌다. 그는 대위가 된 것이다. 캉디드는 퀴네공드와 노파와 하인 두 명과, 포르투갈의 대심문관 나리의 것이었던 안달루시아 말 두 필과 함께 배에 올랐다.

항해하는 동안 그들은 가엾은 팡글로스의 철학에 대하여 많은 것을 논하였다.

캉디드가 말했다.

"우리는 또 다른 우주로 가는 겁니다. 그곳은 아마도 모든 것이 잘되어 있을 것입니다. 사실 말이야 바른 말이지, 우리가 살았던 곳에서는 세상사 때문에 몸과 마음이 괴로웠지요."

그러자 퀴네공드가 말했다.

"당신을 진심으로 사랑해요. 하지만 내 영혼은 아직도 내가 보고 겪은 일들 때문에 잔뜩 겁먹은 상태랍니다."

캉디드가 대답했다.

"모든 것이 나아질 겁니다. 보세요, 이 신세계의 바다가 우리가 살던 유럽의 바다보다 벌써 더 좋은 것 같군요. 이 바다가 더 잔잔하고 바람도 한결같네요. 분명 이 신세계야 말로 있을 수 있는 모든 세계에서 최선의 세계일 것입니다."

"부디 그렇게 되기를! 하지만 여태껏 내가 몸담았던 세계에서 너무나 끔찍하도록 불행했기에 희망에 대해선 마음의 문이 거의 닫혀 있는 걸요." 퀴네공드가 말했다.

이 둘의 말을 듣고 옆에 있던 노파가 말했다.

"맙소사! 그 정도의 불행에 불평을 하다니요. 당신들은 내가 겪은 것과 같은 불행은 겪어보질 못했답니다."

퀴네공드는 거의 웃음을 터트릴 뻔했고, 이 착한 노파가 자기보다 더 불행했다고 우기는 것이 무척 우습게 여겨졌다.

"이것 좀 보세요, 할멈. 아무리 그렇기로 할멈이 두 명의 불가리아 병사에게 겁탈을 당하고 칼로 배를 두 번 찔리고 성 두 채가 무너지고 눈앞에서 어머니 두 분과 아버지 두 분이 목 잘려 돌아가시고,[22] 종교화형식에서 연인 두 사람이 매 맞는 꼴을 보지 않은 이상 나보다 더 불행했다고는 할 수 없어요. 그뿐인 줄 알아요. 나는 72대를 귀족으로 이어온 가문에서 남작의 딸로 태어났는데도 부엌데기 노릇까지 해야 했다고요."

"아가씨, 아직 내 출생신분을 모르시지요. 그리고 내 엉덩이를 보여드리면 아가씨는 방금 그 말씀을 취소하게 될 것입니다." 노파가 대답했다.

이 말에 퀴네공드와 캉디드는 무척이나 궁금해졌다. 노파는 그들에게 이런 이야기를 들려주었다.

---

22 퀴네공드는 자신이 겪은 불행보다 더 불행했다고 노파가 주장할 수 있으려면, 자신이 겪은 불행보다 두 배의 불행을 겪었어야 한다고 생각하며 이렇게 말하고 있다. (옮긴이 주)

제11장

노파의 이야기

"내가 예전부터 이렇게 눈이 벌겋게 충혈되고 눈가가 시뻘겋지는 않았답니다. 내 코도 날 때부터 턱에 닿도록 늘어지지는 않았어요. 그리고 내가 원래 하녀였던 것도 아니라오. 나는 교황 우르바노 10세와 팔레스트리나의 공주 사이에서 태어났답니다. 나는 열네 살까지 어마어마한 궁전에서 살았지요, 당신들이 살던 독일 남작의 성 같은 것은 다 합해봤자 그 궁전 마구간으로나 쓰일 만했죠. 내가 입던 옷 한 벌은 베스트팔렌에 있던 모든 사치품들을 합친 것보다 더 값비싼 것이었어요. 나는 온갖 기쁨과 존경과 선망 속에 아름답고 기품 있고 재능도 겸비한 아가씨로 자랐습니다. 그때 벌써 남자들의 마음을 설레게 했고, 가슴도 조금씩 부풀어갔지요. 얼마나 아름다운 가슴이었는지! 희고 탄탄하고 탄력 있는 것이 마치 메디치 가문 소유의 비너스 조각상의 가슴 같았지요. 그리고 눈은 또 얼마나 아름다웠는지! 상큼한 눈꺼풀에 까만 속눈썹! 게다가 눈동자는 어찌나 반짝였던지, 그 지역 시인들이 나를 보고 별들의 반짝임이 무색하다고 하였답니다. 옷을 갈아입혀주던 시녀들이 앞으로 보았다 뒤로 보았다 하며 황홀하여 넋을 잃을 정도였어요. 아마 그럴 수만 있다면 모든 남자들이 내 옷시중을 드는 시녀 역할을 대신하려 했을 거예요.

"나는 마사카라라 공국의 왕자와 약혼했지요. 얼마나 근사한 왕자님이었는지! 내가 미인인 만큼이나 그 역시도 미남이었고 부드럽고 매력 있고 기지가 뛰어났으며 사랑에 불타는 분이었지요. 첫사랑을 할 때면 누구나 그렇듯이 나는 그를 열정적이고 격정적으로 사랑했어요. 우리의 결혼식은 전대미문의 화려하고 장엄한 예식으로 준비되었죠. 여기저기서 축제며 기병들의 축하 행진이며 희가극 공연이 끊이지 않았지요. 이탈리아 전역에서 나를 위한 시가 지어졌는데, 그중 시시한 것은 단 한 편도 없었답니다. 나는 한창 행복한 나날을 보내고 있었지요. 그런데 예전에 왕자님의 정부였던 늙은 후작 부인이 자신의 집에서 코코아나 같이 마시자며 왕자님을 초대했어요. 왕자님은 코코아를 마시고 두 시간도 지나지 않아 심한 발작을 일으켜 죽고 말았어요. 그러나 앞으로 닥칠 사건에 비하면 그것은 하찮은 일에 지나지 않지요. 절망에 빠진 우리 어머니는 그래도 애통해하는 마음이 나보다는 훨씬 덜해서 당분간 그 불길한 곳을 떠나 있고 싶어 하셨어요. 가에타 근처에 어머니 소유의 아주 아름다운 영지가 있었어요. 우리는 로마의 성 베드로 성당 제단처럼 빛나는 금박으로 장식된 갤리선에 올랐죠. 그런데 살레의 해적선이 우리가 탄 배를 공격해 왔습니다. 우리 배의 병사들은 해적을 맞아 교황의 병사답게 자신을 방어했어요. 모두 무기를 내던지고 무릎을 꿇고서, '죽음만은 면하게 해 달라'고 해적들에게 사면 요청을 한 것이지요.

"그랬더니 해적들은 즉시 이쪽 병사들을 마치 원숭이처럼 발가벗기고 나의 어머니, 시녀들, 그리고 나까지도 발가벗겼습니다. 그 남자들이 열성을 다해 모든 사람의 옷을 벗기는 태도는 정말 감탄할 만한 것이었어요. 그런데 그보다 더 놀라운 것은, 우리 여자들이 평소에 관장기 말고는 넣어본 적이 없는 그 은밀한 곳에 그들이 손가락을 넣는 것이었어요. 그 의식은 내게 무척 이상해보였어요. 자기 나라 밖으로 한 번도 나가 본 적이 없는 사람들이 사물을 판단하는 태도가 바로 그런 거지요. 혹시 거기에 다이아몬드나 감추고 있는 게 아닌가를 확인하기 위해 그런다는 것을 금세 알게 되었죠. 그것은 바다를 지배하는 문명국가에서는 오랜 옛날부터 내려오는 관행이었어요. 몰타의 기사 겸 성직자 나리들도 터키인 남녀를 붙잡으면 꼭 그렇게 한다는 걸 알게 되었죠. 이는 국제법의 법률로 언제나 어김없이 준수되고 있답니다.

"나이 어린 공주로서 어머니와 함께 모로코에 노예로 끌려가는 것이 얼마나 괴로운 일일지에 대해서는 말하지 않겠어요. 우리가 해적선에서 당했던 고통도 충분히 짐작하실 수 있겠지요. 어머니는 대단한 미인이셨어요. 우리의 시녀들과 몸종들도 아프리카 어디에서도 찾아볼 수 없을 만큼 매력이 넘쳐흘렀지요. 나로 말하자면, 눈부시게 매혹적이고 아름다움과 우아함 그 자체인 데다가 숫처녀였지요. 하지만 그게 오래 가지는 않았어요. 마사카라라의 잘 생긴 왕자가 차지하기로 되어 있었던 꽃은 해적 선장에게 짓밟히고 말았으니까요. 해적 선장은 흉측한 검둥이였는데, 그런 짓을 하고 나서도 내게 큰 영광을 베푼 것으로 여겼답니다. 물론 팔레스트리나의 공주이신 내 어머니와 내가 강했으니 모로코에 닿을 때까지 겪은 그 모든 고통을 이겨낸 거지요. 하지만 이런 얘기는 그냥 넘어갑시다. 너무 흔히 있는 일이라서 말할 가치조차 없으니까요.

"모로코에 도착하니 그곳은 온통 피로 물들어 있었지요. 물레이-이스마엘 황제의 아들들 50명이 각자 파벌을 갖고 있었답니다. 그러니 50차례의 내란이 일어난 셈이지요. 검둥이와 검둥이, 검둥이와 갈색 피부, 갈색 피부와 갈색 피부, 그리고 흑백 혼혈과 흑백 혼혈 사이에 싸움이 벌어졌어요. 나라 전체에서 끊임없이 살육이 행해지고 있었습니다.

"우리가 도착하자마자 이 해적단의 일당과는 적대적인 일당의 검둥이들이 전리품을 빼앗으러 나타났어요. 우리는 다이아몬드와 금 다음으로 값진 전리품이었지요. 당신들이 당신들의 유럽에서는 결코 볼 수 없는 그런 전투를 나는 보았습니다. 북쪽 나라 사람들은 그렇게 끓는 피를 갖고 있지 않아요. 유럽 사람들은 아프리카 사람들처럼 여자에 걸신이 들리지는 않았죠. 유럽 사람들의 핏줄에 우유가 흐른다면, 아틀라스산과 그 주변 나라에 사는 사람들의 핏줄에는 진한 황산이나 불이 흐르고 있는 것 같았어요. 그들은 서로 우리를 차지하려고 그 지방에 살고 있는 사자와 호랑이와 독사처럼 맹렬히 싸웠습니다. 무어인 한 명이 우리 어머니의 오른팔을 잡으면 우리가 탔던 갤리선 선장의 부관 한 명이 왼팔을 잡았고, 무어인 병사가 한쪽 다리를 잡으면 해적 한 명이 다른 한쪽 발을 잡고 늘어졌지요. 여자들은 모두가 병사 네 사람에게 그런 꼴을 당하고 있었습니다. 그 혼란 속에서 우리 편 선장이 나를 자기 등 뒤에 숨겨주었어요. 그는 초승달 모양의 칼을 쥐고, 대항하는 사람은 모두 죽였답니다. 결국 나는 우리 모든 이탈리아 여자들과 내 어머니까지도 서로 싸우던 그 괴물들의 손에 찢기고 잘려서 학살당하는 것을 보았답니다. 포로들, 나의 동행인들, 그들이 잡은 자들, 병사와 선원, 검둥이, 갈색 인종, 흰둥이, 혼혈인들이 죽고, 마침내 나를 지켜주던 선장도 죽고, 나 역시 시체 더미 위에서 죽어가고 있었죠. 이런 비슷한 장면들이 그 광활한 대지의 도처에서 벌어지고 있었는데, 그 와중에도 사람들은 마호메트가 명한 하루 다섯 차례의 기도를 거르는 법이 없었답니다.

"나는 피투성이 시체 더미를 간신히 헤치고 근처 시냇가의 커다란 오렌지나무 밑으로 엉금엉금 기어갔습니다. 온몸을 엄습하는 공포와 절망, 피곤과 허기를 못 이겨 나무 밑에 쓰러지고 말았어요. 그리고 곧 의식이 혼미해지면서 잠에 빠져들었는데, 휴식을 취한다기보다는 기절한 거라고 해야겠지요. 이런 혼수상태에서 생사의 갈림길을 오락가락하고 있는데 무언가 내 몸 위에서 꿈틀거리며 짓누르는 것이 느껴졌지요. 눈을 떠보니 혈색 좋은 한 백인이 한숨지으며 이탈리아어로 이렇게 중얼거리는 것이었어요. '오! 무정하도다. 고[23](환)이 없어 아무것도 할 수 없느니 얼마나 불행한가!……"

---

23 이탈리아어 coglioni(고환)의 c만 적음.(옮긴이 주)

제12장

노파의 계속되는 불행들

"내 나라 말이 들리는 게 놀랍고 한편으론 반가운 데다 그 남자가 내뱉은 말들이 그에 못지않게 놀라운 내용이라, 나는 그에게, 당신이 푸념하는 것보다 더 큰 불행도 많다고 대답해주었죠. 내가 겪은 끔찍한 일들에 대해 몇 마디 들려주고 나서 나는 기운이 빠져 다시 쓰러졌지요. 그는 근처의 어느 집으로 나를 데려가 침대에 눕히고 먹을 것을 주고 시중을 들어주고 위로를 해주고 기분을 맞춰주며, 나보다 더 아름다운 사람은 본 적이 없다고 했어요. 아무도 되돌려줄 수 없는 그것을 잃었다는 사실이 이처럼 후회될 수가 없다고 그는 말했지요. 그러더니 다음과 같이 말했어요. '나는 나폴리에서 태어났답니다. 그곳에서는 매년 2~3천 명의 아이들이 거세를 당하지요. 거세 받은 아이들 가운데 일부는 죽고 일부는 여자보다 더 아름다운 목소리를 갖게 되고, 또 일부는 나라를 다스리게 되지요. 나는 아주 성공적으로 거세를 받

고 팔레스트리나 공주의 소성당에서 음악가로 일하게 되었어요.'

'내 어머니의 성에서요?' 하고 내가 소리쳤지요.

'당신 어머니의 성이라니요! 아니, 그렇다면 당신이 바로, 내가 여섯 살까지 길러주었고 그때부터 이미 지금의 당신처럼 미인의 자태를 보였던 그 어린 공주란 말입니까?' 그가 울며 외쳤습니다.

'그게 바로 나랍니다. 내 어머니는 사지가 찢기는 죽임을 당하여 여기서 4백 걸음 떨어진 시체 더미 속에 있답니다.'

"나는 내게 일어났던 일들을, 그는 그가 겪은 일들을 모두 이야기했고, 그는 기독교 세력에 의해 모로코 왕실에 어떻게 파견되었는지를 얘기해주었어요. 그 내용은 모로코 왕에게 화약, 대포, 선박들을 제공하는 모종의 협정을 체결하여, 모로코 왕이 다른 기독교 세력들의 상업 행위를 근절시키는 것을 돕는 것이라고 하더군요. 그 정직한 내시가 다음과 같이 말했어요. '나의 임무는 끝났어요. 이제 나는 세우타 항구에서 배를 타려고 합니다. 당신을 이탈리아로 데려가겠어요. 고(환)이 없어 아무것도 할 수 없으니 얼마나 불행한가!'

"나는 감동의 눈물을 흘리며 그에게 감사했지요. 그런데 그는 나를 이탈리아로 데려가지 않고 알제[24]로 데려가서 그 지방의 태수에게 팔아넘겼어요. 그 무렵 아프리카, 아시아, 유럽 일대에 페

---

24 도시명으로 현재 알제리의 수도를 말함. (옮긴이 주)

스트가 창궐하고 있었는데, 내가 알제로 팔리자마자 그곳에 페스트가 심하게 번졌지요. '아가씨께서는 지진은 겪어보셨지요. 그런데 페스트에 걸려본 적은 결코 없으시지요?'

"결코 없어요." 남작의 딸이 대답했다.

노파는 다시 말을 계속했다.

"페스트에 걸려보았다면 그것이 지진보다도 훨씬 더 끔찍하다는 것을 알게 될 거예요. 아프리카에서는 아주 흔한 병인지라 나도 그 병에 걸리고 말았지요. 열다섯 살 먹은 교황의 딸이 불과 석 달이라는 기간 동안 가난을 겪고, 노예로 팔려가서 거의 매일 능욕당하고, 어머니의 사지가 찢기는 것을 보고, 굶주림과 전쟁을 겪고, 알제에서 페스트에 걸려 죽어가는 꼴을 좀 상상해보세요. 그래도 나는 죽지 않았지요. 하지만 그 거세당한 이탈리아인과 알제의 태수, 그리고 알제의 거의 모든 후궁이 그 병으로 죽었답니다.

"엄청난 피해를 남기고 그 무시무시한 페스트가 한풀 꺾이자 사람들은 태수의 살아남은 노예들을 팔았지요. 어떤 상인이 나를 사서 튀니스로 데려가, 다시 다른 상인에게 팔았고, 나를 산 상인은 트리폴리로 다시 팔아넘겼고, 트리폴리에서 알렉산드리아로, 알렉산드리아에서 스미르나로, 스미르나에서 콘스탄티노플로 팔려 다니다가, 나는 결국 어떤 근위보병대 지휘관 차지가 되었습니다. 얼마 지나지 않아 그는 아조프를 포위하고 있던 러시아 군대에 맞서 그곳을 방위하러 가라는 명령을 받았지요.

"그 지휘관은 여자에게 무척 잘해주는 남자로, 그의 처첩들을 모두 함께 데리고 가서 팔루스-메오티드 산의 작은 요새에 머물게 하고, 흑인 내시 두 사람과 병사 스무 명을 두어 보초를 서게 했지요. 병사들은 러시아인들을 기막히게 많이 죽였고 러시아인들도 그만큼 우리에게 앙갚음을 했지요. 아조프는 피와 불로 뒤덮였고, 러시아 군사들은 남녀노소를 불문하고 가차 없이 죽였지요. 결국 우리의 작은 요새만이 남았는데, 적들은 우리를 굶겨 죽이려 하였습니다. 근위보병 스무 명은 절대로 항복하지 않겠다는 맹세를 하였습니다. 그러나 극도로 굶주리자 그들은 맹세를 어기지 않기 위해, 보초를 서던 내시 두 사람을 어쩔 수 없이 잡아먹기에 이르렀습니다. 며칠이 지나자 여자들을 잡아먹기로 결정했답니다.

　"아주 신앙심 깊고 동정심 많은 회교 지도자 한 분이 우리와 함께 있었는데, 그는 훌륭한 설교로 우리를 단번에 죽이지는 말라고 병사들을 설득했습니다. 그는 다음과 같이 말했습니다.

　'이 여자들 각자에게서 한쪽 엉덩이만 잘라내시오. 그래도 잘 먹을 수 있지 않습니까. 만약 모자라면 며칠 후엔 다른 한쪽이 있지 않소. 하늘이 그런 자비로운 행동에 감복하여 여러분을 구원하실 것입니다.'

　"그는 대단한 웅변가였습니다. 그가 병사들을 설득시켰답니다. 병사들은 그 말대로 그 끔찍한 작업을 감행했지요. 회교 지도자는 할례 직후 아이들에게 발라주는 진통제 연고를 우리에게 발라주었습니다. 우리는 모두 죽을 지경이었지요.

"우리가 이렇게 제공한 식사를 근위병들이 마치자마자, 러시아인들이 배를 타고 쳐들어왔어요. 근위병사들은 단 한 사람도 도망치지 못했어요. 러시아인들은 우리가 처한 상황은 아랑곳하지 않았어요. 프랑스인 외과 의사들이 여기저기 많이 있었지요. 그중 솜씨 좋은 한 의사가 우리를 돌보아주었어요. 그는 우리를 다 낫게 해주었죠. 평생 잊지 못할 일은, 내 상처가 다 아물 무렵 그 의사가 내게 성관계를 제의했다는 거예요. 그뿐만 아니라 그는 우리 여자들 모두에게 마음을 진정시키라고 말해주었어요. 포위 공격을 당한 여러 곳에서 이미 이런 일들이 일어났고, 이것이 전쟁의 법칙이라고 하면서 우리를 안심시켰지요.

"우리 여자들은 겨우 걸을 수 있게 되자 모스크바로 끌려갔지요. 나는 어느 귀족의 몫으로 할당되어 그의 정원을 돌보는 하녀가 되었답니다. 주인은 하루에 스무 대씩 매질을 했습니다. 그 집에 들어간 지 2년이 지나 그 귀족이 궁정의 몇몇 귀찮은 일에 휘말려 서른 명쯤 되는 러시아의 다른 귀족들과 함께 차형[25]을 받게 되자, 나는 그 기회를 이용해서 도망쳐버렸어요. 러시아 땅을 가로질러 리가의 카바레에서 오랫동안 일하기도 했고, 그 뒤로는 로스토크, 비스마르, 라이프치히, 카셀, 우트레히트, 라이덴, 헤이그를 거쳐 로테르담까지 전전했습니다. 엉덩이라곤 한쪽밖에 없

---

25 팔다리를 수레바퀴에 묶어 죽이는 형벌. (옮긴이 주)

는 채로, 그러나 교황의 딸이라는 사실을 늘 잊지 않으며 이렇게 비참하고 치욕스럽게 늙었지요. 백 번이나 목숨을 끊으려 했지만 그래도 삶에 미련이 남아있더군요. 인간이 지닌 가장 불행을 초래하는 성향들 중 하나가 이 우스꽝스런 나약함 아닐까요? 늘 집어던지고만 싶은 무거운 짐을 계속 지고 가는 것보다 더한 바보짓이 어디 있겠어요? 자신의 존재를 끔찍해하면서도 그 존재에 집착하는 것보다 더 미련한 짓이 있을까요? 우리를 집어삼키려는 뱀이 우리의 심장을 다 파먹어 들어갈 때까지 쓰다듬는 것보다 더 미련한 짓이 있을까요?

　"이런 기막힌 운명으로 인해 내가 떠돌아 다녔던 여러 나라에서, 또 음식을 날랐던 수많은 주막에서 나는 자기 존재를 증오하며 사는 사람들을 무수히 많이 보았지요. 하지만 자신의 비참한 삶에 스스로 종지부를 찍은 사람은 열두 명밖에 보지 못했어요. 흑인 셋과 영국인 넷, 제네바인 넷, 그리고 로베크란 이름의 독일 교수 한 사람이었어요. 그렇게 떠돌아다니다가 마침내 나는 유대인 이사카르 경의 하녀가 되었고, 그가 나를 아름다운 아가씨, 당신 곁으로 보낸 것이랍니다. 그런 인연으로 당신과 지내면서 나는 당신의 운명에 집착하게 되었고, 내가 겪은 파란보다 당신이 겪은 일들에 더 관심을 쏟게 되었죠. 당신이 아까 그렇게 나를 자극하지만 않았다면, 그리고 지루함을 덜기 위해 이야기나 하는 것이 배 안에서 으레 있는 일이 아니었다면, 나는 절대 내 불행에 대해 말하지 않았을 거예요. 어쨌든 아가씨, 나는 겪은 게 많아 세상을 안다오. 한번 재미 삼아 이 배에 탄 사람들에게 저마다 자기 얘기를 하라고 해보세요. 종종 자기 인생을 저주해본 적이 없는 사람이 한 명이라도 있다면, 그리고 자기가 가장 불행한 사람이 라는 생각을 종종 해본 적이 없는 사람이 한 명이라도 있다면, 그 때는 나를 바다에 거꾸로 집어던져도 좋아요."

제13장

캉디드는 어떻게 해서
아름다운 퀴네공드와 노파와 헤어지는가

　아름다운 퀴네공드는 노파의 이야기를 다 듣고 나서 그만한 신분에 그만한 장점을 지닌 사람에게 의당 갖출 예의를 차려 노파를 공손하게 대했다. 그녀는 노파의 제안을 받아들여 모든 승객들에게 차례로 자신의 경험담을 이야기하라고 권했다. 캉디드와 퀴네공드는 노파가 옳았다는 것을 인정하게 되었다.

　"현자 팡글로스가 종교화형식의 관습에 어긋나게 교수형을 당한 것이 참으로 유감스럽군요. 만약 그분이 살아계셨다면 땅과 바다에 널려 있는 육체적인 악과 정신적인 악에 관해 고견을 들려줄 터이고 그러면 나는 용기를 내어 감히 그에게 몇 가지 반론을 공손히 제기할 수도 있을 터인데……" 하고 캉디드가 말했다.

　승객 모두가 차례로 자기의 내력을 말하는 동안 배는 항해를 계속하여 부에노스아이레스에 도착했다. 퀴네공드와 대위 캉디드와 노파는 총독 '페르난도 디바라 이 피구에오라 이 마스카레네스 이 람푸르도스 이 수자' 경의 집을 방문했다. 그는 그렇게 긴 이름을 가진 사람답게 자신만만했다. 그는 코를 높이 치켜들고 목소리를 사정없이 높이고, 마구 뽐내는 어조에다 몹시 거만한 태도로 고고하게 상대방을 깔보며 말을 하기 때문에, 그에게 인사를 건네는 사람이면 누구든지 그를 때려주고 싶은 마음이 들정도였다. 그는 여자라면 정신을 못 차릴 정도로 좋아했다. 퀴네공드가 그의 눈에는 최고의 미인으로 보였다. 그의 첫 질문은 혹시 그녀가 대위 캉디드의 부인이 아니냐는 것이었다. 그가 이 질문을 던지는 태도에 캉디드는 바짝 긴장했다. 캉디드는 감히 그녀가 자기의 아내라고 대답하지 못했다. 실제로 그녀가 자기 아내는 아니니까. 그리고 누이동생이라는 말도 하지 못했다. 그것도 진실이 아니기 때문이었다. 이런 선의의 거짓말은 옛날 사람들이 흔히 하던 것이고 요즘 사람들에게도 유용할 수 있으련만, 진실을 속이기에는 그의 영혼이 너무도 순수했다.

캉디드가 입을 열었다.

"퀴네공드 양은 저와 결혼하기로 되어 있습니다. 각하께서 저희 결혼식에 주례를 서주실 것을 간청합니다."

페르난도 디바라 이 피구에오라 이 마스카레네스 이 람푸르도스 이 수자 경은 콧수염을 올리며 쓴웃음을 짓더니 대위 캉디드에게 그의 중대를 열병하라고 명령했다. 캉디드는 그의 말에 따랐다. 총독은 퀴네공드와 둘만 남게 되었다. 그는 그녀에게 자신의 열정을 토로하더니 당장 그 다음날로 교회에서나 아니면 그녀의 마음에 드는 방법으로 결혼식을 올리겠노라고 단언하였다. 퀴네공드는 생각할 시간을 15분만 달라고 요청하고 나서 어떻게 할지 결정하기 위해 노파에게 조언을 청했다.

노파는 퀴네공드에게 이렇게 말했다.

"아가씨, 당신은 귀족 조상이 72대나 있지만 돈은 한 푼도 없 잖아요. 마음만 먹으면 당신은 남아메리카에서 대단한 세도가인 데다가 콧수염도 멋지게 달린 분의 아내가 될 수 있어요. 어떠한 유혹에도 흔들리지 않고 정절을 지키는 것이 당신이 할 일일까 요? 아가씨는 이미 불가리아 병정들에게 겁탈 당했었고, 유대인 과 심문관도 당신을 차지했었지요. 불행했던 사람은 행복해질 권 리가 있어요. 솔직히 말해 내가 당신이라면 총독님과 주저 없이 결혼하겠어요. 그게 캉디드 대위님을 출세시키는 길이기도 하답 니다." 노파가 연륜과 경험에 걸맞게 신중한 태도로 이야기하는 동안 항구에 작은 배가 한 척 도착하는 것이 보였다. 배 안에는 스페인 법관 한 사람과 경찰들이 타고 있었다. 벌어진 일은 이랬 다.

퀴네공드가 캉디드와 황급히 도망칠 때 바다호즈 마을에서 소매가 넓은 옷을 입은 프란치스코회 수사가 퀴네공드의 보석과 돈을 훔쳤을 것이라는 노파의 추측은 꼭 들어맞았다. 그 수사는 보석 몇 개를 보석상에 팔려고 내놓았고, 보석상 주인은 그것이 유명한 대심문관의 보석임을 금세 알아보았다. 수사는 교수형을 받기 전에 보석을 훔쳤음을 자백하고 보석을 갖고 있던 사람들의 생김새와 그들이 떠난 방향을 말해주었다. 퀴네공드와 캉디드가 도주했다는 것은 이미 알려진 사실이었다. 사람들은 카디스까지 쫓아갔고 거기서 지체 없이 그들을 추적하도록 배 한 척을 보냈다. 그 배가 벌써 부에노스아이레스 항구에 도착한 것이었다. 스페인 법관이 곧 배에서 내려 대심문관 예하를 살해한 범인들을 검거할 것이라는 소문이 항구에 퍼졌다. 사려 깊은 노파는 그 순간에 무엇을 어떻게 해야 할지를 파악했다.

"이젠 도망칠 수 없어요. 어쨌든 아가씨는 걱정할 필요가 없어요. 주교를 죽인 것은 당신이 아니니까요. 더구나 당신을 사랑하는 총독이 당신을 함부로 대하게 놓아두지는 않을 거예요. 여기 그냥 계세요."

노파는 당장 캉디드에게 달려갔다.

"빨리 도망쳐요. 안 그러면 한 시간 내에 당신은 화형당하고 말아요."

캉디드는 단 한순간도 지체할 수가 없었다. 하지만 어떻게 사랑하는 퀴네공드와 헤어질 수 있단 말인가? 그리고 어디 가서 숨는단 말인가?

제14장

캉디드와 카캉보는 어떻게
파라과이의 예수회 신부들의 환대를 받았는가

캉디드는 스페인의 해안 지역과 스페인 식민지에서 흔히 볼 수 있는 하인을 카디스에서 데리고 왔었다. 그 하인은 투쿠만 태생의 한 혼혈인에게서 태어났는데, 그의 아버지가 스페인 사람과 원주민 사이에 태어난 혼혈이었으므로, 그도 4분의 1은 스페인 사람인 셈이었다. 그는 소년성가대원, 성당지기, 선원, 수사, 거간, 군인, 정복을 입은 하인 노릇을 두루 해본 사람이었다. 그의 이름은 카캉보였고, 자기 주인을 몹시 좋아했는데 그 이유는 그의 주인이 아주 좋은 사람이었기 때문이다. 그는 할 수 있는 한 서둘러 안달루시아 말 두 필의 등에 안장을 얹었다.

"얼른 가십시다, 주인님. 할멈의 충고에 따르세요. 빨리 떠나야 해요. 그리고 뒤도 돌아보지 말고 달려야 해요."

캉디드는 눈물을 쏟았다.

"오, 나의 사랑하는 퀴네공드! 총독님이 우리의 결혼식을 올려주려는 이때에 당신을 두고 떠나야 하다니? 퀴네공드, 고향에서 이역만리 떨어진 이곳에서 당신은 이제 어떻게 되나요?"

카캉보가 말했다.

"그녀야 어떻게든 되겠지요. 여자들이란 제 앞가림을 항상 잘한답니다. 하느님이 갈 길을 마련해주시니까요. 자, 빨리 떠나시죠."

"어디로 나를 데려갈 텐가? 우리는 어디로 가야 하지? 퀴네공드 없이 우리가 무얼 한단 말인가?" 캉디드가 말했다.

"성 야고보의 가호 아래 예수회 신부들에 맞서 싸우려던 것 아닙니까? 이제 그 예수회의 편에 서서 싸우러 갑시다. 내가 그곳으로 가는 길을 잘 아니까 그들의 왕국으로 길을 안내해 드릴게요. 그들은 불가리아식 군대 훈련을 받은 대위를 대환영할 것이고 주인님은 거기서 대단히 출세하시게 될 거예요. 이쪽 세상에서 일이 잘 안 풀리면 다른 쪽으로 가보는 거지요. 새로운 일들을 보고 경험하는 것은 아주 즐겁답니다."라고 카캉보가 말했다.

"그렇다면, 자네는 이미 파라과이에서 살아본 적이 있다는 건가?" 하고 캉디드가 묻는다.

"아, 그야 물론이죠! 성모승천 수도회 성직자들이 모인 학교에서 부엌일 돕는 사환으로 일한 적이 있죠. 그리고 로스 파드레스가(신부님들 -옮긴이 주) 세운 정부에 대해서라면 제가 카디스의 길거리만큼이나 훤히 알지요. 그 정부는 참 대단해요. 왕국의 면적은 직경이 1,200킬로미터를 훨씬 넘고 30주로 나뉘어 있답니다.

그곳에서는 로스 파드레스가 모든 것을 장악하고 있고, 국민은 아무런 힘도 없답니다. 이성과 정의로 이룬 걸작품이죠. 저로서는 그 신부님들보다 더 신성한 사람들을 보지 못했어요. 그분들이 여기서는 스페인 왕과 포르투갈 왕에 맞서 전쟁을 하고 있지만, 유럽에서라면 왕들이 그분들에게 고해성사를 하지요. 여기서는 스페인사람들을 죽이고, 마드리드에서는 그들을 천국에 보내주지요. 정말 놀라운 분들이에요. 어서 갑시다! 주인님은 누구보다도 행복한 사나이가 될 거예요. 불가리아식 군대 훈련을 받은 대위가 온다는 걸 안다면 신부님들이 얼마나 기뻐하겠어요!" 하고 카캉보가 말했다.

그 왕국의 경계에 이르자 다가오는 수비대에게 카캉보는 대위 한 분이 사령관님과의 접견을 요청한다고 말했다. 이는 곧 수비대 본부에 보고되었고, 파라과이인 상급 장교가 사령관에게 달려가 그 말을 전했다. 캉디드와 카캉보는 우선 무기를 빼앗겼다. 안달루시아 말 두 필도 압수되었다. 두 이방인은 두 줄로 도열한 군인들 사이로 안내되었다. 사령관은 맨 끝에 있었는데, 머리에는 뿔이 세 개 달린 모자를 쓰고 끝자락을 걷어 올린 긴 옷을 입고 옆구리에는 긴 칼을 차고 손에는 단창을 쥐고 있었다. 그가 손짓을 하자 곧 군인 스물 네 명이 두 사람을 포위했다. 하사 한 명이 와서, 사령관께서는 지금 그들과 대담할 수 없으니 기다리라고 말했다. 그리고 교구장 신부의 명령으로, 스페인 사람은 누구를 막론하고 교구장 신부 배석하에서만 입을 열 수 있으며, 이 나라에 세 시간 이상 머물 수 없다고 하였다.

"그럼 그 교구장께서는 어디 계신가요?" 하고 카캉보가 묻는다.

"미사를 집전하신 후에 열병식에 가셨소. 그러니까 세 시간 뒤에나 그분을 알현하는 영광을 갖게 될 겁니다." 하고 하사가 대답했다.

"하지만 저나 마찬가지로 배고파 돌아가실 지경인 저 대위님은 스페인 사람이 아니라 독일 사람이에요. 신부님을 기다리는 동안에 요기라도 좀 할 수 없을까요?" 하고 카캉보가 말했다.

하사가 이 말을 즉각 사령관에게 전하자 그분은 이렇게 말했다.

"하느님 감사합니다! 독일인이라면 내가 이야기를 할 수 있겠군. 그를 내 거처로 안내하라."

그들은 곧 캉디드를 녹색과 금색으로 된 매우 아름다운 대리석 기둥 하나가 받치고 있으면서, 철망으로 둘러 앵무새, 벌새, 뿔닭, 그밖에도 온갖 희귀한 새들이 가득 들어 있는, 나뭇잎이 우거진 거처로 데려갔다. 기막힌 점심 식사가 금제 식기에 차려져 있었다. 반면에 파라과이인들은 땡볕을 받으며 벌판에 나앉아, 형편없는 나무그릇에 담긴 옥수수를 먹고 있었다. 그때 사령관 신부가 거처로 들어왔다.

신부는 아주 잘 생긴 젊은 남자였다. 얼굴은 동그랗고 매우 깨끗하며 혈색이 좋고 눈썹은 치켜 올라갔으며 눈빛이 생기 있고 붉은 귀에 선홍빛 입술을 가지고 있었다. 그의 태도는 당당했으나, 스페인 사람이나 예수회 신부의 당당함과는 그 종류가 달랐다. 캉디드와 카캉보는 빼앗겼던 무기와 안달루시아 말 두 필도 되돌려 받았다. 카캉보는 거처 옆에서 말들이 놀랄까봐 걱정이 되어 한시도 눈을 떼지 않고 지켜보며 귀리를 먹이고 있었다.

먼저 캉디드가 사령관의 옷자락에 입을 맞추고 그들은 모두 식탁에 둘러앉았다.

예수회 신부가 독일어로 묻는다.

"그러니까 당신이 독일인이오?"

"예, 존경하는 신부님." 하고 캉디드가 대답했다.

이렇게 말하면서 두 사람은 극도의 놀라움과 주체할 수 없는 벅찬 감동에 빠져 서로를 쳐다보았다.

"독일 어느 지방 출신이오?"

예수회 신부가 묻자 캉디드가 대답했다.

"베스트팔렌이라는 더러운 지방입니다. 제가 태어난 곳은 툰더 텐 트롱크 성이죠."

"오, 하느님! 이럴 수가?" 사령관이 외쳤다.

"이런 기적이!" 캉디드도 외쳤다.

"아니, 그럼 당신이?" 사령관이 말했다.

"이럴 수가!" 캉디드가 말했다.

그들은 놀라 뒤로 벌렁 나자빠졌다가, 서로 부둥켜안고는 눈물을 펑펑 흘렸다.

"아니, 당신이란 말입니까, 신부님? 당신이 바로 아름다운 퀴네공드 양의 오빠란 말입니까? 불가리아인들의 손에 살해되었다더니! 당신이 남작 나리의 아드님이란 말입니까? 당신이 파라과이의 예수회 신부라니요! 세상은 참 요지경이군요. 오, 팡글로스 선생님! 팡글로스 선생님! 교수형을 당하지 않았다면 얼마나 기뻐하시겠어요."

사령관은 흑인 노예들, 그리고 크리스탈 컵에 마실 것을 대접하고 있던 파라과이 병사들을 모두 물러나게 했다. 그는 하느님과 성 이냐시오에게 수천 번이나 감사했다. 그는 캉디드를 부둥켜안았고, 두 사람의 얼굴은 눈물에 젖었다.

"불가리아 병사에게 배가 갈려 죽은 줄 알고 계셨을 당신의 누이동생 퀴네공드 양이 건강히 살아 있다는 얘기를 들으면 당신은 더욱 놀라고 감동하여 정신을 못 차리시겠지요." 하고 캉디드가 말했다.

"그곳이 어딘가?"

"멀지 않은 곳, 부에노스아이레스 총독님 댁에 있지요. 나는 당신을 위해 싸우러 왔습니다."

그들이 오래 대화를 나누는 동안, 입 밖에 내는 한마디가 모두 다 놀라울 뿐이었다. 그들은 귀를 쫑긋 세우고 눈을 반짝이며 마음과 마음이 통하는 대화를 주고받았다. 그들은 교구장을 기다리며 독일인답게 오랫동안 식사를 했다. 사령관은 그가 아끼는 캉디드에게 이렇게 말했다.

제15장

캉디드는 어떻게 사랑하는 퀴네공드의 오빠를 죽였나

"나는 부모님이 살육당하고 누이가 폭행당한 것을 본 그날의 기억을 평생 지울 수 없을 거라네. 불가리아 군인들이 물러가고 난 뒤 사랑스런 누이를 본 사람은 아무도 없었지. 사람들은 어머니, 아버지, 나 그리고 하녀 두 명과 목 잘려 죽은 세 소년을 수레에다 싣고 우리 선조들의 성에서 8킬로미터쯤 떨어진 예수회 소속 작은 성당 지하에 시체를 매장하려고 끌고 갔다네. 어느 예수회 신부가 우리에게 성수를 뿌렸지. 그 물이 어찌나 지독하게 짰던지, 몇 방울이 내 눈으로 들어가자 내 눈꺼풀이 조금 움직였나 봐. 마침 신부님이 그것을 보시고 내 가슴에 손을 대보니 심장이 뛰는 것이 느껴지더라는군. 그렇게 해서 나는 죽다가 살아났고 예수회 신부들의 도움으로 3주 만에 완쾌되었지. 자네도 알다시피 나는 잘 생겼지 않나? 나는 나날이 더욱 훤칠해져 갔고, 수도원장 크루스트 신부님께서 나를 무척 아껴주셨다네. 그 신부님이 나를 예비 수사로 만드셨어. 그리고 얼마 후에 로마에 보내주셨지. 그 무렵 교구장은 젊은 독일인 예수회 수사들을 양성하고 계셨네. 파라과이에 있는 예수회 정상들은 스페인 출신 예수회 수사를 될 수 있는 대로 받아들이지 않으려고 했지. 그들은 다른 나라 출신을 더 다루기 쉽다고 생각해서 선호했지. 수도원장은 내가 포도밭과도 같은 이곳에 파견되기에 적격이라고 생각하셨지. 폴란드인, 티롤인 그리고 나, 이렇게 세 사람이 파라과이로 오게 되었어. 이곳에 오면서 나는 차부제 겸 중위로 임명받았는데, 지금은 대령에 정식 사제지. 우리는 스페인 왕의 군사들과 대항하여 용감하게 싸우고 있다네. 단언하건대, 스페인 군대는 우리한테 패배하여 전멸할 거야. 주님의 섭리로 자네가 우리를 도우러 오게 된 거야. 참, 그런데 내 사랑하는 누이 퀴네공드가 가까운 부에노스아이레스의 총독 관저에 있다는 게 사실인가?"

맹세코 틀림없는 사실이라는 캉디드의 말에 그는 안심했다. 그들의 눈에서는 다시 눈물이 흘러내렸다.

남작은 지치지도 않고 캉디드를 껴안았고 그를 내 형제, 내 구원자라고 불렀다.

"아! 친애하는 캉디드, 우리가 함께한다면 그 도시를 정복하고 내 누이 퀴네공드를 구출할 수 있을 것이네."

"제가 원하는 게 바로 그겁니다. 저는 전부터 퀴네공드와 결혼할 생각이었고 지금도 결혼하기를 바라니까요."

캉디드의 말에 남작은 느닷없이 화를 냈다.

"자네 무례하군! 72대나 귀족으로 대물림해온 내 누이와 결혼한다니 참 뻔뻔스럽군! 그런 무모한 생각을 감히 내게 말하다니 자네 참 염치도 모르는군!"

캉디드는 이 말을 듣고 기가 막혀서 그에게 대꾸했다.

"존경하는 신부님, 세상의 모든 가문이라는 것이 사람에게는 아무런 영향도 주지 못하는 겁니다. 나는 당신의 누이를 유대인과 종교재판소 심문관의 손에서 구해냈어요. 그녀는 내게 빚이 있는 셈이고, 나하고 결혼하기를 원합니다. 팡글로스 선생님께서 인간은 평등하다고 늘 말씀하셨어요. 무슨 일이 있어도 저는 그녀와 꼭 결혼해야겠습니다."

"두고 보면 알겠지. 도둑놈 같으니라고!"

예수회 신부 툰더 텐 트롱크 남작은 이렇게 말하면서 동시에 검의 판판한 쪽을 캉디드의 얼굴을 향해 크게 휘둘렀다. 순간적으로 캉디드도 자신의 검을 빼어 검의 날밑까지 예수회 신부 남작의 배 속에 찌른다. 그러나 분노에 찬 검을 뽑으면서 그는 울음을 터뜨린다.

"하느님 맙소사! 나의 옛 주인이며 친구이고 처남이 될 사람을 내가 죽이다니! 세상에서 가장 착한 사람이라는 내가, 벌써 사람을 셋이나 죽였고, 그 셋 중에 신부가 둘이나 되는구나!"

막사 입구에서 망을 보고 있던 카캉보가 뛰어 들어왔다.

캉디드가 그에게 말했다.

"이제 우리 목숨을 비싸게 팔 일만 남았어. 누군가 막사에 들어올 거야. 우린 싸우다 죽고 말거야."

　이런 일을 숱하게 보아온 카캉보는 전혀 당황하지 않고 침착하게 남작이 입었던 예수회 신부의 옷을 벗겨 캉디드에게 입히고 죽은 사람이 쓰고 있던 사각모자도 벗겨 씌워주고 말에 올라타게 했다. 그는 이 모든 일을 눈 깜짝할 사이에 해치웠다.

　"주인님, 빨리 달립시다. 누가 봐도 주인님을 명령을 내리러 가는 예수회 신부로 생각할 겁니다. 사람들이 우릴 잡으러 오기 전에 국경을 넘을 수 있을 거예요."

　그는 이 말을 하면서 벌써 내달리고 있었고, 스페인어로 외쳤다.

　"길을 비켜라! 길을 비켜라! 대령 신부님께서 나가신다!"

제16장

두 나그네가 두 처녀와 원숭이 두 마리와
오레용이라는 원시 부족을 만나 무슨 일이 일어나는가

캉디드와 그의 하인이 국경을 넘은 뒤에도 파라과이 진영에서는 독일인 예수회 신부의 죽음을 아무도 모르고 있었다. 용의주도한 카캉보는 안장 뒤 여행용 가방에 빵과 초콜릿, 햄과 과일 그리고 포도주 몇 병을 챙겨 넣는 세심함을 잊지 않았다. 안달루시아 말을 타고 정처 없이 가다보니, 그들은 길도 없고 어딘지도 모르는 낯선 곳까지 깊숙이 들어가게 되었다. 마침내 시냇물이 군데군데 흐르는 광활한 초원이 눈앞에 펼쳐졌다. 우리의 두 나그네는 말들에게 풀을 먹게 한다. 카캉보는 주인에게 먹을 것을 권하면서 자신이 먼저 먹는 시범을 보인다.

그러자 캉디드가 말했다.

"내가 남작 나리의 아들을 죽였으니 일생 동안 아름다운 퀴네공드 양을 다시는 볼 수 없게 되었는데 햄 조각이 목에 넘어가겠나? 후회와 절망 속에서 그녀를 만나지도 못하고 멀리서 지켜보아야 하는, 그런 비참한 생을 연명한다고 해서 무슨 소용이 있겠는가? 또 〈트레부 신문〉에서는 나를 두고 뭐라고 할 것인가?"

말은 그렇게 하면서도 그는 계속 먹었다. 해가 지고 있었다. 그때 길 잃은 이 두 사람에게 여자들의 목소리라고 짐작되는 가느다란 비명이 들려왔다. 괴로워서 지르는 소리인지 기뻐서 지르는 소리인지는 분간이 되지 않았다. 그러나 낯선 곳에서는 모든 것이 염려와 경계심을 불러일으키는 법인지라, 그들은 얼른 일어났다. 그 소리는 홀딱 벗은 처녀 둘이서 초원의 가장자리를 뛰어가며 지르는 소리였고, 원숭이 두 마리가 그녀들의 엉덩이를 물며 그 뒤를 쫓고 있었다. 캉디드는 그녀들이 불쌍하다는 생각이 들었다. 그는 불가리아 군대에서 총 쏘는 법을 익혀, 나무에 달린 개암을 잎사귀 하나 다치지 않고 떨어뜨릴 만한 사격술을 갖고 있었다. 그는 스페인제 소총을 들어 단 두 방을 쏘아 원숭이 두 마리를 죽였다.

"카캉보, 신이 도우셨구나! 저 불쌍한 두 피조물을 크나큰 위험에서 구해냈어. 저 두 처녀의 생명을 구해주었으니 종교재판소 심문관과 예수회 신부를 죽인 잘못을 충분히 속죄한 셈이야. 저 두 처녀는 아마 지체 높은 집 규수일 테니, 우리는 이 나라에서 아주 훌륭한 대접을 받을 수 있을 거야."

그는 계속 말하려다가, 두 처녀가 원숭이 두 마리를 다정하게 얼싸안고 눈물을 펑펑 흘리며 그지없이 괴로워하며 울어대는 모습을 보고 말문이 막혔다.

"저렇게까지 마음이 착하리라고는 기대하지 않았는데." 이윽고 그가 입을 열어 카캉보에게 말하자, 카캉보는 이렇게 대답했다.

"주인님, 아주 중대한 일을 저지르셨어요. 주인님은 그 아가씨들의 애인을 죽인 거예요."

"그들의 애인이라고! 그럴 수가? 자네, 나를 놀리고 있나? 카캉보, 믿을 만한 증거라도 있나?"

"친애하는 주인님, 늘 무슨 일에나 놀라기만 하시는군요. 어떤 지방에서는 원숭이가 여자들의 사랑을 받고 있다는 사실이 그렇게도 이상하게 생각되세요? 그들도 4분의 1은 인간이지요. 제가 4분의 1은 스페인 사람인 것처럼." 카캉보가 말했다.

"맙소사! 팡글로스 선생님이 옛날에 가끔 그런 사건들이 있었다고 말씀하셨어. 그리스 신화에 나오는 목신과 반수신, 사티로스신 등이 인간과 동물의 잡교로 생겨났고, 고대의 위대한 인물들이 그런 것을 보았다는 기록이 있다는 말씀을 하신 것이 생각나네. 하지만 나는 그게 그냥 우화라고 생각했었지." 캉디드가 말했다.

"그럼 이젠 그것을 사실로 받아들일 수밖에 없게 되었군요. 미개한 사람들이 어떻게 행동하는지 잘 아셨겠죠. 제가 걱정하는 것은 저 여자들이 혹시 우리를 해치지 않을까 하는 겁니다." 카캉보가 말했다.

카캉보의 말을 듣고 캉디드는 평원을 떠나 숲속 깊이 들어갔다. 거기서 그는 카캉보와 저녁을 먹었고, 둘은 포르투갈의 종교 재판소 심문관과 부에노스아이레스의 총독과 남작을 저주한 다음 이끼 위에서 잠이 들었다. 잠에서 깨어난 그들은 옴짝달싹할 수가 없었다. 두 여자가 원주민인 오레용 족에게 일러, 그들이 자는 동안 나무껍질로 만든 끈으로 두 사람들 꽁꽁 묶어놓았던 것이다. 그들은 활과 돌로 된 도끼와 철퇴로 무장한 나체의 오레용 족 50명가량에게 둘러싸여 있었다. 어떤 이들은 커다란 가마솥에 무언가를 끓이고 다른 이들은 꼬치를 준비하면서, 모두들 이렇게 소리쳤다.

"이놈은 예수회 패거리야! 이놈은 예수회 패거리야! 이제 원수를 갚고 한판 맛있게 먹어보자. 예수회 신부 놈을 잡아먹자! 예수회 신부 놈을 잡아먹자!"

카캉보가 구슬프게 외쳤다.

"제가 뭐래요, 주인님. 그 두 여자가 우리를 해칠 거라고 했죠?"

가마솥과 꼬치를 쳐다보며 캉디드가 말했다.

"우리는 틀림없이 구이가 되거나 가마솥 안에서 펄펄 끓여지겠지. 아! 팡글로스 선생이 인간의 본성이 어떤 것인지를 지켜본다면 뭐라고 하실까? 모든 것이 최선으로 되어 있다고 치자. 하지만 퀴네공드 양을 잃어버리고 오레용 족의 손에 꼬치구이가 되는 것은 잔인한 운명임에 틀림없어."

카캉보는 결코 이성을 잃지 않았다. 그는 풀이 죽은 캉디드에게 말했다.

"그렇다고 이대로 절망해서는 안 돼요. 저 사람들끼리 쓰는 말을 제가 조금 알아들으니 그들에게 말해보겠어요."

"사람이 사람을 굽는다는 것이 얼마나 비인간적이며 얼마나 기독교인답지 않은 일인가를 잊지 말고 꼭 설명해주게." 하고 캉디드가 말했다.

오레용 족을 향해 카캉보가 입을 열었다.

"보세요, 여러분은 그러니까 지금 예수회 신부 한 사람을 잡아 먹을 작정이지요? 참 좋은 생각입니다. 원수를 갚는 것이야말로 더없이 정당한 일이죠. 실제로 자연의 법칙은 우리에게 이웃을 죽이라고 가르쳐왔고, 지상 어느 곳에서나 사람들은 그렇게 하고 있지요. 우리 유럽 사람이 이웃을 잡아먹는 권리를 행사하지 않는 것은, 그것 말고도 맛있게 먹을 수 있는 것들이 따로 또 있기 때문이지요. 하지만 여러분은 우리와 같은 자원을 갖고 있지 못하죠. 자신의 적을 먹는 것이 승리의 열매를 독수리와 까마귀 떼에게 내주는 것보다는 나을 것입니다. 그렇지만, 여러분! 여러분은 원수가 아닌 친구를 먹고 싶지는 않겠지요? 여러분은 지금 예수회 신부 한 사람을 꼬치에 꿰어 굽는다고 생각하지만, 사실 이분은 당신들과 같은 편입니다. 여러분이 불에 구우려고 하는 사람은 여러분의 적들의 적이랍니다. 저로 말씀드리자면, 여러분의 나라에서 태어났고, 여러분 눈앞에 있는 이분은 제 주인이십니다. 예수회 신부와는 거리가 먼 분이지요. 방금 예수회 신부 하나를 죽이고, 그 껍

데기를 몸에 둘러쓰고 있어서 여러분의 멸시의 대상이 된 것뿐입니다. 그게 정말인지 확인하고 싶으면, 저분이 걸친 옷을 벗겨 로스 파드레스 왕국의 국경으로 가져가서 제 주인님이 예수회 신부인 어느 장교를 죽이지 않았는지 알아보십시오. 그렇게 하는 데 시간도 얼마 안 걸릴 것입니다. 내가 여러분을 속였다고 한다면, 그때 우리를 먹어도 되지 않습니까? 하지만 내 말이 사실일 경우에는 여러분은 공법과 관습과 법률을 잘 아는 부족이니 우리를 풀어주시겠죠."

그의 말이 일리가 있다고 생각한 오레용 족은 대표 두 사람을 뽑아 재빨리 사실을 알아오라고 보냈다. 두 대표는 심부름을 재치 있게 수행하고 곧 좋은 소식을 가지고 돌아왔다. 오레용 족은 즉시 두 죄수를 풀어주었다. 그뿐만 아니라, 두 사람에게 깍듯이 경의를 표하여 아가씨들을 제공하고 시원한 마실 것도 대접한 다음 국경까지 배웅해주면서 쾌활하게 소리쳤다.

"저 사람은 절대 예수회 신부가 아니야! 저 사람은 절대 예수회 신부가 아니야!"

캉디드는 자기가 무사히 풀려난 이유에 대해 지칠 줄 모르고 탄복했다.

"어쩌면 이런 부족이 있을까! 이런 사람들도 있다니! 이런 풍습이 있다니 말이야! 내가 퀴네공드 양의 오빠를 장검으로 찌르지 않았더라면 가차 없이 잡아먹혔을 거야. 하지만 어쨌든 순수한 인간의 본성은 선한 것임에 틀림없어. 이곳 사람들은 내가 예수회 신부가 아니라는 것을 알고는 잡아먹지 않고 융숭한 대접을 해주었으니까." 캉디드가 말했다.

제17장

캉디드와 그의 하인이 엘도라도에 도착하고,
그들이 그곳에서 보게 된 것

오레용 족이 사는 지역의 경계에 이르자 카캉보가 캉디드에게 말했다.

"지구의 이쪽이나 저쪽이나 별 다를 바 없다는 것을 이제 아셨겠죠? 가장 빠른 길로 해서 유럽으로 돌아갑시다."

"어떻게 그리로 돌아간단 말인가? 어디로 간다고? 내 고향으로 돌아간다면, 거기선 불가리아인들과 아바르인들이 닥치는 대로 목을 벨 것이고, 포르투갈로 가면 화형을 당하게 될 것이고, 그냥 이곳에 머문다면 언제 꼬치구이를 당하게 될지 모르지. 하지만 퀴네공드 양이 살고 있는 이 고장을 떠날 생각을 어떻게 할 수 있단 말인가?"

"그러면 카이엔으로 갑시다. 거기 가면 우리는 세계 곳곳으로 가는 프랑스 사람들을 만날 수 있을 거예요. 그들이 우리를 도와줄 겁니다. 하느님도 아마 우리의 처지를 불쌍히 여기시겠죠." 하고 카캉보가 말했다.

카이엔까지 가기란 쉽지 않았다. 그들은 어느 쪽으로 걸어가야 하는지 대충은 잘 알고 있었으나, 산과 강, 절벽과 산적 떼 그리고 야만족들이 끔찍한 장애물이었다. 그들이 타고 간 말 두 마리는 지쳐 죽었고, 식량도 다 떨어져 그들은 한 달 내내 야생과일로 연명하면서 지내다가 마침내 야자나무가 우거진 자그마한 강가에 다다랐다. 그 야자나무들이 그들의 목숨과 희망을 지탱해주었다.

노파만큼이나 항상 옳은 조언을 해주는 카캉보가 캉디드에게 이렇게 말했다.

"너무 많이 걸어서 이제 더는 못 가겠어요. 저기 강가에 빈 나룻배가 있으니 야자를 배에 가득 싣고 우리도 배를 타고 강물이 흐르는 대로 어디든 가보죠. 강을 따라 가다 보면 사람 사는 곳이 나오게 마련이니까요. 마음에 드는 것은 찾지 못한다 해도, 적어도 새로운 것은 찾을 수 있겠죠."

"그렇게 하자. 모든 걸 신의 섭리에 맡겨보자꾸나." 하고 캉디드가 대답했다.

그들은 주변에 때로는 꽃이 핀 들판이, 메마른 황야가, 밋밋한 벌판이, 가파른 벼랑이 펼쳐진 강기슭을 수 킬로미터 흘러내려갔다. 강폭이 계속 넓어졌다. 그러다가 마침내 배는 하늘을 찌를 듯 솟은 엄청난 바위 틈 속으로 흘러갔다. 두 나그네는 이 틈사이로 강물이 흘러가는 대로 대담하게 배를 내맡겼다. 거기서부터 강은

폭이 점점 좁아지더니, 무서운 소리를 내며 엄청난 속력으로 흘러갔다. 24시간이 지나자 겨우 하늘이 다시 보이기 시작했다. 그러나 결국 나룻배는 암초에 부딪혀 산산조각이 나고 말았다. 그들은 할 수 없이 배를 버리고 이 바위, 저 바위를 누비며 꼬박 4킬로미터를 헤매고 다녀야 했다. 마침내 그들 앞에, 아무도 근접할 수 없을 만큼 험준한 산으로 둘러싸인 광활한 대지가 펼쳐졌다. 그 고장은 유용함과 즐거움 두 가지가 다 충족되도록 꾸며져 있었다. 어디를 가나, 쓸모 있는 것은 좋은 느낌을 주는 것이었다. 도로는 마차들로 덮여 있다기보다는 장식되어 있었다. 희한한 모양의 반짝이는 마차들이 특이한 아름다움을 지닌 남녀들을 태우고 달렸으며, 이 마차를 끄는 크고 붉은 털이 덮인 양들은 안달루시아 지방이나 테투안, 메크네스의 가장 훌륭한 준마들보다도 빨리 달렸다.

캉디드가 말했다.

"어쨌든 이 지방이 베스트팔렌보다 더 낫군."

카캉보와 그는 처음 마주친 마을로 들어섰다. 마을에는 몇몇 아이들이 금실로 짠, 헤진 비단옷을 걸치고 마을 어귀에서 둥근 모양의 돌을 던지는 놀이를 하고 있었다. 다른 세상에서 온 이 두 사람은 아이들을 흥미롭게 지켜보았다. 아이들이 가지고 노는 돌원반은 제법 큰 동전 모양이었는데 노랑, 빨강, 초록 빛깔로 특이한 광채를 발하고 있었다. 그 빛 때문에 두 나그네는 돌을 몇 개 줍고 싶었다. 그 돌들은 금과 에메랄드, 루비였으며, 그중에 제일

작은 것도 무굴 황제의 왕관 장식 가운데 가장 큰 보석으로 쓸 수 있을 정도의 크기였다.

카캉보가 말했다.

"돌 원반 던지기 놀이를 하는 저 아이들은 틀림없이 이 나라 왕의 아들들일 겁니다."

그때 마을의 교사가 나타나서 아이들을 학교로 불러들였다.

"저 사람이 왕실의 가정교사로군." 하고 캉디드가 말했다.

개구쟁이들은 즉시 놀이를 멈추고, 갖고 놀던 돌들을 땅에 그대로 버려둔 채 학교로 들어갔다. 캉디드는 그것들을 주워 교사에게 달려가서 공손히 내밀며, 왕손들께서 금과 보석을 잊어버리고 두고 가셨노라고 손짓발짓으로 말했다. 마을의 교사는 미소지으며 그것들을 땅에 던져버리고, 무척 놀랍다는 표정으로 캉디드의 얼굴을 잠시 쳐다보더니 다시 학교로 들어 가버렸다.

두 나그네는 금과 루비, 에메랄드를 주워 넣는 것을 잊지 않았다. 캉디드가 소리쳤다.

"여기가 대체 어디지? 황금과 보석 보기를 돌같이 하라고 배운 것을 보면 이 나라 왕손들은 틀림없이 교육을 잘 받은 거야."

카캉보도 캉디드 못지않게 놀랐다. 그들은 마침내 마을의 첫 번째 집으로 다가갔다. 그 집은 유럽의 궁전을 방불케 했다. 많은 사람들이 문가에서 북적거렸고 건물 안에는 사람이 더 많았다. 아주 듣기 좋은 음악이 흐르고 맛있는 냄새도 풍겼다. 카캉보가 문으로 다가가니 사람들이 페루어로 말하는 소리가 들렸다. 그것은 그의 모국어였다. 모두가 알고 있듯 카캉보는 페루어만 통용되는 투쿠만 주의 한 마을에서 태어났던 것이다.

그가 캉디드에게 말했다.

"제가 통역관 노릇을 해드릴 테니 안으로 들어갑시다. 여긴 주막이에요."

금으로 짠 천으로 옷을 해 입고 머리를 리본으로 묶은 주막의 남자 종업원 두 명과 여자 종업원 두 명이 즉시 공동 식탁에[26] 번듯하게 음식을 차려 놓고 먹으라고 권했다. 앵무새 두 마리씩 각각 곁들인 네 종류의 수프, 90킬로그램 정도 나가는 삶은 독수리 한 마리, 아주 맛 좋은 구운 원숭이 두 마리가 나왔고, 한 접시에는 벌새 3백 마리가, 다른 접시에는 벌새 6백 마리가 담겨 있었으며 기막힌 스튜 요리와 맛있는 케익이 나왔다. 이 모든 요리가 수정으로 만든 접시에 담겨져 있었다. 주막의 남녀 종업원들은 사탕수수로 만든 여러 종류의 술을 따라주었다.

모인 사람들은 대부분 상인과 짐 마차꾼이었다. 그들은 모두 매우 공손하여 실례를 범하지 않으려 애쓰면서 카캉보에게 몇 가지를 물어보았고, 카캉보가 질문하면 그가 족할 만큼 대답해주었다.

식사가 끝나자 캉디드와 카캉보는 이 정도면 음식 값으로 충분할 것이라고 생각하고 아까 길에서 주운 큼지막한 금화 두 닢

---

26 주막, 여인숙 등에서 여러 사람이 정가로 식사하는 공동 식탁. (옮긴이 주)

을 공동 식탁 위에 던져놓았다. 그러자 주인 내외는 배를 움켜쥐고 한참을 웃었다. 마침내 그들은 정신을 차리고, 주인 남자가 이렇게 말했다.

"두 분, 보아하니 외국분들이시군요. 우리는 외국인들을 자주 보지 못한답니다. 길가의 돌멩이들로 값을 치르시는 걸 보고 웃어서 죄송합니다. 당신들에겐 우리 나라 돈이 없으셨겠지요. 하지만 여기서는 점심 식사하는 데 돈이 필요 없답니다. 상업적 편의를 위해 세워진 주막들은 정부의 지원을 받고 있습니다. 이곳에서는 대접이 변변치 못했지요. 여긴 가난한 마을이니까요. 하지만 다른 데 가시면 어디서나 두 분께 걸맞은 융숭한 대접을 받을 수 있을 것입니다."

카캉보가 캉디드에게 주인 남자의 이야기를 통역해주자 캉디드는 들으면서 카캉보와 마찬가지로 감탄스럽고 얼떨떨했다. 그들은 이구동성으로 이렇게 말했다.

"세상에 알려지지도 않고 자연 전체가 우리가 사는 세상과는 전혀 다른, 이 나라는 도대체 어디란 말인가? 아마 이 나라에서는 모든 게 순조롭게 되어갈 거야. 왜냐하면 이런 종류의 나라가 하나쯤은 꼭 있어야 하니까. 팡글로스 선생은 뭐라고 할지 몰라도, 내 고향 베스트팔렌에서는 모든 것이 잘못 되어가고 있다는 것이 종종 느껴졌었지."

제18장

그들이 엘도라도에서 보게 된 것

카캉보는 주막의 주인 남자에게 궁금한 점들을 물어보았다. 주인 남자는 그에게 이렇게 말했다.

"나는 아주 무식하답니다. 그렇다고 해서 불편한 점은 없지만요. 궁정에서 일하다 은퇴한 노인 한 분이 이 근처에 사시는데, 그분은 이 나라에서 가장 박식하고 말씀을 잘하시는 분이랍니다."

그는 곧 카캉보를 노인 댁으로 안내하였다. 이제 조역만 할 뿐인 캉디드는 그의 하인을 따라갔다. 그들은 아주 수수하게 꾸며진 집으로 들어갔다. 그 집의 문은 그저 은으로만, 그리고 집 안의 벽은 그저 금으로만 장식되어 있었다. 그러나 그 솜씨가 어찌나 세련되고 정교했던지 어떤 호화로운 장식에도 뒤지지 않았다. 응접실에는 루비와 에메랄드만 상감 장식이 되어 있을 뿐인데도, 모든 것이 얼마나 질서정연하게 배치되었던지 극히 단순하면서도 충분히 멋이 있었다.

노인은 두 나그네에게 벌새의 깃털로 속을 넣은 소파에 앉으라고 권하더니 다이아몬드 병에 담긴 술을 그들에게 내놓았다. 노인은 그들의 호기심에 이렇게 답하였다.

"내 나이는 백일흔두 살이라오. 임금님의 시종이었던 돌아가신 내 아버지로부터 그분이 체험했던 페루의 놀라운 혁명적 사건들에 대한 이야기를 들어서 알고 있지요. 지금 우리가 살고 있는 이 왕국은 잉카족의 옛 나라인데, 잉카족은 세계의 일부분을 정복하겠다며 경솔하게 나라 밖으로 진출했다가 되레 스페인에게 몰살당하고 말았지요. 고국에 남은 왕족들이 더 현명했지요. 그들은 백성들의 동의하에, 어떤 주민도 이 작은 왕국을 떠나서는 안 된다는 명령을 내렸소. 그래서 우리는 우리의 순진무구함과 무한한 행복을 그대로 간직할 수 있었지요. 우리 나라에 대해 어렴풋이 알고 있던 스페인사람들은 여길 '엘도라도'라고 불렀답니다. 랄레이라는 한 영국인 기사가 1백 년 전쯤에 이곳에 접근해온 적이 있지요. 그렇지만 우리 나라는 넘을 수 없는 바위들과 절벽으로 둘러싸여 있어서 그 덕분에 오늘날까지, 이 땅의 돌멩이나 진흙이라면 사족을 못 쓰고, 그걸 얻기 위해서라면 이 나라 사람을 마지막 한 명까지도 죽일 수 있는 유럽 국가들의 탐욕으로부터 보호되어 온 것이랍니다."

대화는 오래도록 계속되었다. 그들은 정부 형태와 풍습과 여자와 대중 공연, 예술에 이르기까지 여러 주제에 관해 토론을 전개하였다. 항상 형이상학에 관심이 깊은 캉디드는 마침내 카캉보를 통해 이 나라에 종교가 있는지 물어보았다.

노인은 일굴을 약간 붉히며 말했다.

"아니! 어떻게 그것을 의심할 수 있습니까? 그렇다면 당신은 우리를 은혜도 모르는 사람들로 보십니까?"

카캉보가 엘도라도의 종교는 무엇인지를 겸손하게 물었다.

노인은 이번에도 얼굴을 약간 붉혔다.

"그럼 종교가 둘일 수도 있습니까? 우리는 이 세상 모든 사람들과 같은 종교를 갖고 있다고 생각하는데요. 우리는 저녁부터 아침까지 신께 경배한답니다."

이것저것 알고 싶은 캉디드의 통역 노릇을 계속하면서 카캉보가 물었다.

"이곳 분들은 오직 하나의 신만을 숭배하십니까?"

"물론이지요. 신은 둘일 수도, 셋일 수도, 넷일 수도 없어요. 솔직히 말해서 당신네 세상의 사람들은 참 이상한 질문도 다 하는군요." 노인이 말했다.

캉디드는 지치지 않고 이 선한 노인에게 질문했다. 그는 엘도라도에서는 어떻게 신에게 기도하는지를 알고자 했다.

"우리는 기도를 하지 않습니다. 우리는 신에게 청할 것이 아무것도 없어요. 신은 우리에게 필요한 것은 다 주셨으니까요. 우리는 끊임없이 감사하고 있을 뿐이지요." 선하고 존경받을 만한, 어진 노인은 이렇게 말했다.

캉디드는 호기심에 성직자들을 만나보고 싶어 했다. 그래서 그들이 어디 있는지 물어보도록 했다. 선한 노인이 빙그레 웃으며 말했다.

"여보시오들, 우리 모두가 성직자라오. 매일 아침 왕과 모든 가장들이 5~6천 명쯤 되는 음악가들의 장엄한 연주에 맞춰 신의 은총을 찬미하는 성가를 부르지요."

"뭐라고요? 성직자들이 없다고요? 가르치고, 서로 논쟁하고, 통치하고, 음모를 꾸미고, 자신과 견해가 다른 사람들을 화형 시키는 성직자들이 없단 말입니까?"

"그렇게 한다면 우리가 미쳤게요. 우리는 의견이 모두 일치한다오. 당신이 말하는 성직자란 대체 무엇을 하는 사람들인지 모르겠군요." 노인이 말했다.

캉디드는 이 모든 말을 듣고 황홀해져서 혼잣말을 했다.

"이곳은 베스트팔렌 지방이나 남작 나리의 성과는 무척 다르군. 만일 팡글로스 선생이 엘도라도를 보았다면 툰더 텐 트롱크 성이 세상에서 가장 좋은 곳이라고는 더 이상 말하지 못했을 거야. 그러니까 여행을 해봐야 한다는 것은 확실하군."

이렇게 오래 대화를 나눈 뒤 선한 노인은 양 여섯 마리에 마차 한 대를 매달도록 하고, 이 두 나그네를 왕궁으로 안내할 하인 열두 명을 내주면서 말했다.

"미안합니다. 나는 나이가 너무 들어 당신들과 함께 가드릴 수가 없군요. 왕은 당신들을 섭섭지 않게 맞아줄 것이고. 그리고 혹시 마음에 안 드는 일이 있더라도 이 나라 풍습을 양해해주시기 바랍니다."

캉디드와 카캉보는 마차에 올라탔다. 양들은 획획 날듯 달려, 네 시간도 안 되어 수도의 끝에 자리한 왕궁에 도착했다. 왕궁의 문은 높이가 67미터에 너비가 30미터 정도였는데, 어떤 자재로 만들어졌는지는 이루 형언하기 힘들었다. 다만 그 자재가 우리가 금과 보석이라고 부르는 이 나라의 돌멩이와 모래보다 훨씬 더 훌륭한 것임은 분명했다.

아름다운 시녀 스무 명이 마차에서 내리는 캉디드와 카캉보를 맞이하여 그들을 목욕탕으로 안내하고 벌새의 솜털로 짠 천으로 지은 옷을 입혀주었다. 그러고 나자 왕실의 남녀 관리들이 그들을 왕의 거처로 안내하였다. 옥좌까지는 관례에 따라 한 줄에 천 명씩 두 줄로 도열해 있는 연주자들 사이를 지나가게 되어 있었다. 옥좌 있는 곳에 가까이 갔을 때 카캉보가 관리 한 사람에게 폐하께 인사 올릴 때는 어떻게 해야 하느냐고 물었다. 무릎을 꿇어야 하는지, 납작 엎드려야 하는지, 손을 머리에 올려야 하는지, 뒤로 빼야 하는지, 아니면 바닥의 먼지를 핥아야 하는지, 요컨대 어떤 예절을 갖추어야 하는지를 물으니 관리가 대답했다.

"폐하를 껴안고 양쪽 뺨에 입을 맞추어드리는 것이 관례입니다."

캉디드와 카캉보가 왕을 와락 끌어안으며 인사를 하자, 왕은 상상할 수 없을 만큼 친절하게 그들을 맞으며 저녁을 함께하자고 공손히 청하는 것이었다.

저녁 식사 때까지 캉디드와 카캉보는 그 도시를 구경하였다. 구름까지 닿도록 높이 솟은 공공건물들과 수천 개의 기둥으로 장식된 노천시장들과, 맑은 물이 솟아나는 분수와 장밋빛 물이 솟아나는 분수가 있었고, 사탕수수 액이 솟는 분수에선 넘쳐나는 수액이 계피와 정향 같은 냄새를 풍기고, 보석 같은 돌이 깔린 광장 위로 계속 흐르고 있었다. 캉디드가 법원과 의회를 보고 싶다고 했더니, 그런 것은 없으며 이곳에서는 소송하는 일이 없다고 사람들이 대답했다. 감옥이 있느냐고 묻자 그것도 없다고 했다. 그를 더욱 놀라게 하고 가장 기쁘게 한 것은 과학의 전당이었는데, 이 건물 안의 2천 발걸음이나 되는 긴 회랑에는 수학과 물리학 기구들이 가득 차 있었다.

저녁 식사 후 밤까지 내내 도시의 천분의 일 정도를 돌아다니고 나니 사람들이 그들을 다시 왕궁으로 데려갔다. 캉디드는 왕과 카캉보와 몇몇 부인들과 함께 식탁에 앉았다. 이처럼 맛있는 음식은 처음이었고, 왕처럼 재치 있는 사람도 처음이었다. 카캉보가 왕의 재담을 캉디드에게 설명해주었는데, 통역을 통했음에도 왕의 재담은 매우 훌륭했다. 이 나라의 훌륭한 점에 계속 경탄하던 캉디드는 왕의 뛰어난 화술에 한 번 더 놀랐다.

그들은 이러한 환대를 받으며 한 달을 보냈다. 캉디드는 끈질기게 카캉보를 설득했다.

"여보게, 내가 태어난 성이 이 나라에 비하면 보잘것없다는 것은 사실이네. 하지만 여기는 퀴네공드 양이 없지 않은가? 자네도 유럽에 애인이 있겠지. 우리가 이곳에 계속 머문다면 우리는 여기서 남들과 똑같을 수밖에 없을 거야. 그 대신, 엘도라도의 조약돌들을 가득 실은 양을 열두 마리 끌고 우리가 살던 곳으로 돌아간다면 우리는 모든 왕들을 합친 것보다 더 큰 부자가 될 것이며 더 이상 종교재판소 심문관들을 겁낼 필요도 없고, 퀴네공드 양도 쉽게 찾을 수 있을 거야."

이 말에 카캉보의 마음이 움직였다. 인간이란 원래 여기저기 돌아다니기를 좋아하고, 주위 사람들에게 자신을 과시하고 싶어 하며, 여행 중에 본 것을 자랑하고 싶어 하는 법인지라, 이 행복한 두 사람은 더 이상의 행복을 포기하고 왕에게 작별을 고하기로 작정했다.

작별하러 간 그들에게 왕이 말했다.

"어리석은 일을 하시는군요. 내 나라가 대단한 곳이 아니라는 것은 잘 알지만, 어느 곳이든 괜찮게 지낼 만하다 싶으면 그곳에 머무르는 게 좋답니다. 물론 내가 이방인들을 붙잡을 권리는 없지요. 그것은 우리의 법에도, 풍습에도 없는 횡포니까요. 인간은 누구나 자유로운 존재입니다. 그러니 원하실 때 언제든지 떠나도록 하시오. 하지만 바깥세상으로 나가기가 무척 어려울 것입니다. 당신들이 기적적으로 실려 온 빠른 강물은 아치 모양을 이룬 바위들 밑으로 흐르고 있는데, 그 강물을 거슬러 올라가기란 불가능하지요. 그뿐만 아니라, 우리 왕국은 3천 미터가 넘는 산들에 둘러싸여 있고 성벽처럼 가파른데다가 폭이 40킬로미터에 걸쳐 있어서 내려가려면 절벽을 타야 해요. 하지만 당신들이 꼭 떠나겠다니, 내가 기술자에게 명하여 당신들을 편하게 데려다줄 기구를 만들도록 하겠소. 일단 산 너머까지 당신들을 데려다준 다음에는 더 이상 당신들과 동행할 수 없습니다. 내 신하들은 이 나라를 절대 떠나지 않겠다는 맹세를 한 때문이지요. 그리고 그들은 현명하여 그 맹세를 어기지 않을 사람들이오. 그 밖에 원하는 게 있으면 무엇이든 말씀해보시오."

카캉보가 말했다.

"폐하, 저희는 약간의 식량과 이 나라의 진흙과 돌멩이들을 양 몇 마리에 싣고 갔으면 합니다."

왕은 웃으며 말했다.

"왜 당신들 유럽 사람들은 우리 나라의 노란 진흙에 그토록 관심이 많은지 모르겠소. 하지만 가져가고 싶은 만큼 가져가시오. 그리고 부디 잘되기를 바라오."

왕은 즉시 기술자에게, 기이하게 생각되는 이 두 사람을 왕국 밖으로 실어 나를 기구를 만들라고 명했다. 물리학자 3천 명이 작업에 들어갔다. 기구는 보름 만에 완성되었는데, 그것을 완성하는 데는 이 나라 화폐로 2천만 파운드밖에 들지 않았다. 캉디드와 카캉보는 기구에 올랐다. 기구 안에는 그들이 타고 갈 안장을 채운 붉은 양 두 마리와 식량을 실은 양 스무 마리와 이 나라에서 가장 진귀한 물건들을 실은 양 서른 마리, 그리고 금과 보석과 다이아몬드를 실은 양 쉰 마리가 함께 실렸다. 왕은 두 나그네에게 다정한 이별의 입맞춤을 해주었다.

그들의 출발은 대단한 구경거리였다. 그들과 양을 태운 기구를 산봉우리까지 끌어올리는 그 뛰어난 기술은 가히 일품이었다. 그들을 산 너머까지 안전하게 데려다준 다음 물리학자들은 돌아갔다. 이제 캉디드는 오로지 어서 가서 퀴네공드 양에게 이 양들을 보여주겠다는 목표와 일념밖에 없었다.

캉디드가 말했다.

"만약 퀴네공드 양을 값으로 칠 수 있다면 우린 부에노스아이레스 총독에게 충분히 그 값을 치를 수 있어. 카이엔 쪽으로 향해 가서, 배를 타도록 하세. 그런 다음 우리가 어떤 왕국을 사들일 수 있는지 결정하도록 하세."

제19장

수리남에서 그들에게 무슨 일이 일어났으며,
캉디드가 어떻게 마르탱을 알게 되었는가

두 나그네의 첫날 여행은 꽤 즐거웠다. 그들은 아시아와 유럽과 아프리카 대륙의 모든 보물을 합친 것보다 더 많은 것을 소유했다는 생각에 의기양양해 있었다. 캉디드는 흥분하여, 여러 나무에 퀴네공드의 이름을 새겼다. 둘째 날에는 두 마리의 양이 짐을 진 채 늪에 빠져 가라앉아버렸다. 며칠 뒤에 또 두 마리가 지쳐서 죽었다. 뒤이어 일곱 내지 여덟 마리가 사막에서 굶어 죽었다. 또 며칠이 지나자 몇 마리가 절벽에서 떨어져 죽었다. 마침내 1백일 동안 걷고 난 그들에게는 겨우 양 두 마리만이 남아있을 뿐이었다.

캉디드가 카캉보에게 말했다.

"여보게, 이 세상의 부가 얼마나 덧없는 것인지 알겠지? 덕행과 퀴네공드 양을 다시 보는 행복 말고는 그 무엇도 확고한 것이 못되네."

"맞아요. 하지만 아직도 양 두 마리가 남아 있잖아요. 그 두 마리에 실린 보석들만 해도 스페인 왕도 못 가져보았을 만큼 많은 양이지요. 저기 보이는 마을이 네덜란드 영토인 수리남 같아요. 이제 우리의 고생은 끝나고 행복이 시작되는군요." 하고 카캉보가 말했다.

마을로 들어가는 길에 그들은 땅바닥에 누워 있는 흑인 한 사람을 보았다. 그는 보통 사람이 입는 의복의 절반만큼만 입고 있었다. 그러니까 푸른 속바지 하나만 겨우 걸치고 있는 것이었다. 그 불쌍한 사내는 왼쪽 다리와 오른쪽 손이 없었다.

"하느님 맙소사! 여보게, 그런 끔찍한 모양새로 거기서 무얼 하나?" 하고 캉디드가 네덜란드어로 묻자 그 흑인이 대답했다.

"제 주인이신 유명한 도매상인 반데르덴뒤르 씨를 기다리고 있지요."

"반데르덴뒤르 씨가 자네를 이렇게 만들었나?"

"예, 나리. 으레 그렇게들 하는 걸요. 의복이라곤 일 년에 두 번, 거친 무명바지를 한 벌씩 주지요. 설탕 정제소에서 일하다가 절구에 손가락이라도 찧는다면, 아예 손을 잘라버린답니다.[27] 혹시나 도망치려 했다간 다리가 잘리죠. 저는 그 두 경우에 다 해당되어 이 꼴이 되었어요. 당신들이 유럽에서 설탕을 먹는 것은 이런 희생 덕분입니다. 그런데 우리 어머니가 기니의 바닷가에서

---

27 상처 부위가 부패할 위험을 최소한의 비용으로 미연에 방지하는 극단적인 위생상의 조치.(옮긴이 주)

나를 은화 열 냥에 팔면서 이런 말을 하시더군요. '사랑하는 내 아들아. 우리 신령님을 늘 섬기고 찬양하거라. 신령님께서 네가 행복하도록 보살펴주실 거다. 네가 영광스럽게도 우리 주인이신 백인님들의 노예가 되었으니, 네 아버지와 어머니를 호강시켜주 겠지.' 맙소사! 내가 우리 부모를 호강시켜 드렸는지 아닌지는 모르겠지만, 내 부모는 날 그렇게 해주지 못했어요. 개와 원숭이와 앵무새도 우리보다는 천 배나 덜 불행할 거예요. 나를 개종시킨 네덜란드 마법사들은, 흑인이든 백인이든 우린 모두 아담의 자손 이라고 일요일마다 말하죠. 저는 계보를 연구하는 학자는 아니지만 그런 목사들 말이 사실이라면 우리는 모두 한 핏줄이 아니겠 어요? 그렇다면 같은 조상을 둔 사람들을 이렇게 끔찍하게 대할 수는 없지 않습니까?"

"오, 팡글로스! 당신은 이런 혐오감을 짐작도 못하셨군요. 자이제 결국 나는 당신의 낙관주의를 버릴 수밖에 없군요."라고 캉 디드가 외쳤다.

"낙관주의가 뭐지요?"라고 카캉보가 묻자, 캉디드가 대답했다.

"오! 인간이 불행할 때도 모든 것이 잘되고 있다고 우기는 일 종의 광기라네."

이렇게 말하고 나서 캉디드는 흑인을 바라보며 눈물을 흘렸 다. 계속 울면서 그는 수리남으로 들어섰다.

그들이 제일 먼저 알아본 것은 혹시 항구에 부에노스아이레 스로 떠나는 선박이 없는가였다. 그들이 말을 건넨 사람이 마침 스페인 선장이었는데, 그는 그들과 정직한 거래를 하겠노라고 자청하여 나섰다. 선장은 그들에게 한 주막에서 만나자고 약속했다. 캉디드와 충실한 카캉보는 양 두 마리를 끌고 선장을 기다리러 그곳으로 갔다.

속마음을 숨기지 못하는 캉디드는 그 스페인 사람에게 그 동안 자신이 겪은 일들을 모두 이야기했고, 제일 먼저 퀴네공드 양을 구출해낼 생각이라고 털어놓았다.

그러자 선장이 말했다.

"당신을 부에노스아이레스로 태워다주는 일은 하지 않겠소. 당신도 나도 교수형을 당하게 될 거요. 퀴네공드 양은 총독 각하가 가장 총애하는 정부라오."

이 말이 캉디드에게는 청천벽력과도 같았다. 그는 오랫동안 울기만 했다. 마침내 그는 카캉보를 따로 불러 말했다.

"여보게, 내 친애하는 친구여, 자네가 꼭 해야만 할 일이 있네. 우리 주머니에는 각자 5~6백만 파운드에 달하는 다이아몬드가 있지 않은가? 자네는 나보다 재주가 좋으니 퀴네공드 양을 데리러 부에노스아이레스로 가게. 만일 총독이 이의를 제기하면 1백만 파운드를 주고, 그래도 포기하지 않으면 2백만 파운드를 주게나. 자네는 종교재판소 심문관을 죽이지 않았으니 그들도 자네를 경계하지는 않을 걸세. 나는 다른 배를 타고 베네치아에 가서 자네를 기다리겠네. 거기는 겁낼만한 불가리아인도, 아바르인도, 유대인도, 종교재판소 심문관도 전혀 없는, 자유로운 곳이라네."

카캉보는 이 현명한 결정에 박수를 보냈다. 다만 이제 허물없는 사이가 된 착한 주인과 헤어져야 하는 것이 낙심천만이었다. 그러나 자기가 주인에게 도움을 줄 수 있다는 기쁨이 그와 헤어지는 고통보다 컸다. 그들은 눈물을 흘리며 서로 얼싸안았다. 캉디드는 착한 노파도 잊지 말고 데려오라고 당부했다. 카캉보는 당장 그날로 떠났다. 카캉보는 정말 좋은 사람이었다.

캉디드는 수리남에 얼마 동안 더 남아 있으면서 그와 남은 두 마리 양을 이탈리아로 데려다줄 다른 선장을 수소문하였다. 그동안 그는 하인들을 사고, 긴 항해에 필요한 물건도 모두 사들였다. 드디어 큰 선박의 선장인 반데르덴뒤르 씨가 캉디드 앞에 나타났다.

"내 하인들과 짐과 저기 있는 양 두 마리를 베네치아로 곧바로 실어다주는 대가로 얼마를 주면 되겠소?" 하고 캉디드가 물었다.

선장은 1만 피아스타를 달라고 했다. 캉디드는 망설이지 않았다.

신중한 반데르덴뒤르는 속으로 생각했다.

'이 이방인은 대뜸 1만 피아스타를 내놓는구나! 틀림없이 엄청난 부자야.'

선장은 잠시 후 다시 와서, 2만 피아스타가 아니면 떠날 수 없다고 의사를 제시했다.

"그렇다면 그렇게 하지요." 캉디드가 말했다.

"옳거니! 이 남자는 1만 피아스타를 쉽게 내놓더니 2만 피아스타도 쉽게 생각하는군." 하고 선장은 나지막이 중얼거렸다.

그는 다시 와서 3만 피아스타가 아니면 베네치아로 갈 수 없다고 말했다.

"그렇다면 3만 피아스타 드리지요." 하고 캉디드가 대답했다.

네덜란드 상인이 혼잣말로 중얼거렸다.

"오! 3만 피아스타가 이 사람에겐 아무것도 아니구나. 저 양 두 마리에 막대한 보물이 실려 있는 것이 틀림없어. 더 이상 요구하지 말자! 3만 피아스타를 우선 받고 나서 천천히 궁리하는 거야."

캉디드는 작은 다이아몬드 두 개를 팔았는데 그중 작은 것 하나를 판 값으로도 선장이 요구한 액수를 치르고도 남았다. 캉디드는 선불로 값을 치렀다. 양 두 마리는 미리 큰 배에 실어놓았고, 캉디드는 작은 보트를 타고 정박지에 있는 큰 배를 향해 가고 있었다. 바로 그 틈을 타서 선장은 닻을 올렸고, 마침 순풍이 불어 배는 유유히 떠나갔다. 캉디드가 아연실색한 사이, 배는 어느덧 보이지 않게 되었다.

캉디드가 외쳤다.

"아이고! 이게 바로 구세계 다운 속임수로구나!"

캉디드는 절망에 빠져 항구로 돌아왔다. 그는 결국 스무 명의 군주들의 재산과 맞먹는 막대한 보물을 잃어버린 것이다.

그 길로 캉디드는 네덜란드인 판사를 찾아갔다. 그는 좀 흥분한 상태여서 거칠게 문을 두드리고 들어갔다. 그리고 예의에 어긋나게 큰 소리로 자기가 당한 일을 이야기했다. 판사는 소란을 피웠으니 1만 피아스타를 먼저 내라고 했다. 그리고 그의 말을 참을성

있게 듣고 나더니 상인이 돌아오자마자 그 일을 조사해 보겠다고
약속하고는, 얘기를 들어 준 값으로 1만 피아스타를 더 요구했다.

이 일로 캉디드는 완전히 절망하고 말았다. 사실 그는 이보다
천 배 이상 괴로운 일들을 겪어왔다. 하지만 판사의 냉정함과 그
의 돈을 갈취한 선장의 냉혹함이 그의 화를 돋구어 그는 심한 우
울증에 빠졌다. 그의 머릿속에서는 인간의 사악함이 온갖 추한
모습을 드러내며 활개쳤고, 슬픈 생각만이 득실댔다. 드디어 프
랑스 배 한 척이 보르도로 막 떠나려는 참이라, 캉디드는 이제 다
이아몬드를 가득 실은 양을 태울 일도 없고 하니 적당한 값에 그
배의 선실 하나를 빌렸다. 그런 다음, 자기와 여행을 함께하고자
하는 정직한 사람에게 배에서 숙식을 제공하고 2천 피아스타를
주겠다는 광고를 냈다. 단, 동행자는 이 지방에서 가장 불행하고
자신의 처지가 지긋지긋하다고 생각하는 사람이어야 한다는 조
건을 붙였다.

일군의 함대를 동원해도 다 실을 수 없을 만큼 많은 지원자들
이 몰려들었다. 캉디드는 그중 외모가 가장 눈에 띄는 사람들 가
운데 꽤 사교적이며 스스로 뽑힐 만하다고 주장하는 이들을 스무
명쯤 골라내었다. 그래서 그들을 주막에 모아놓고 저녁을 냈다.
각자가 자신의 과거를 그대로 솔직히 얘기한다는 조건으로, 캉디
드는 그중 가장 동정할 만하고 현재의 처지에 만족하지 못하는
사람 한 명을 공정하게 선택할 것이며, 선택되지 않은 나머지 사
람들에게는 응분의 답례를 하겠노라고 약속했다.

그들의 이야기는 새벽 네 시까지 계속되었다. 지원자들의 모든 과거사를 들으면서 캉디드는 전에 부에노스아이레스까지 가면서 노파가 해주었던 이야기와 그 배 안에 큰 불행을 겪지 않은 사람이 과연 있는가를 내기를 걸자고 하던 노파의 말을 떠올렸다. 그리고 지원자들의 기구한 사연을 들을 때마다 팡글로스가 생각났다.

"팡글로스 선생님이 자신의 학설을 증명하려면 몹시 곤란하시겠군. 그분이 지금 이곳에 계셨으면 좋았을 텐데. 모든 것이 잘 되어가는 곳이 있다면 엘도라도뿐이야. 이 세상의 다른 어떤 곳도 그렇지 못하지." 하고 캉디드가 말했다.

마침내 캉디드는 암스테르담의 서점에서 10년간 일했다는 불쌍한 학자를 선택하기로 결정했다. 캉디드는 이 세상에서 책장사보다 더 지긋지긋한 직업은 없다고 생각했다.

이 학자는 마음이 무척 좋은 사람이었는데, 마누라가 그의 재산을 가로챘고 아들은 그를 때렸고 포르투갈사람과 달아난 딸은 그를 돌보지 않았다. 그나마 밥줄이었던 보잘것없는 일자리마저 방금 잃은 상태였다. 수리남의 신교 목사들이 그를 소치니 학설의 신봉자로 몰아 박해했기 때문이다. 물론 다른 사람들도 그에 못지않게 불행한 사람들이었지만, 캉디드는 이 학자가 여행 중에 자기를 심심치 않게 해줄 것이라고 기대한 것이다. 다른 지원자들 모두가 불공정한 선택이라며 이의를 제기하자, 캉디드는 각자 100피아스타씩 주어 달랬다.

제20장

바다에서 캉디드와 마르탱에게 일어난 일

이렇게 해서 마르탱이라는 이름의 늙은 학자가 캉디드와 함께 보르도행 배를 타게 되었다. 두 사람 모두 본 것도 많았고 고통도 많이 겪었다. 그렇기 때문에 배가 희망봉을 돌아 수리남에서 일본까지 항해를 한다 해도 두 사람은 항해 내내 도덕적 악과 육체적 악에 대해 토론할 수 있을 정도였다.

그래도 캉디드는 마르탱보다 훨씬 나았다. 그는 여전히 퀴네공드 양을 만날 수 있다는 희망이 있지만, 마르탱은 기대할 것이 아무것도 없었던 것이다. 게다가 캉디드는 금과 다이아몬드를 가지고 있었다. 지상에서 가장 많은 보물을 실은 크고 붉은 털이 덮힌 1백 마리의 양을 잃어버렸고 네덜란드 선장의 사기행각이 마음에 남아 있기는 했지만, 아직 주머니에 남은 것들을 생각하거나 퀴네공드에 대해 이야기할 때, 특히 식사 후 같은 때면 그의 마음은 팡글로스의 학설 쪽으로 기울었다.

캉디드가 학자에게 물었다.

"그런데 마르탱 선생, 이 모든 것에 대해 어떻게 생각하시오? 인간의 도덕적 악과 육체적 악에 대한 당신의 의견은 어떻습니까?"

마르탱이 말했다.

"선생, 성직자들이 나를 소치니 학설의 신봉자라고 비난했지만 사실 나는 마니교 신자랍니다."

"나를 놀리시는군요. 마니교도는 이제 세상에 없어요." 하고 캉디드가 말했다.

"내가 있지요. 어찌 해야 하는지 모르지만 마니교 교리와 다르게는 생각할 수가 없습니다." 하고 마르탱이 말했다.

"당신 몸에 악마가 들어 있음이 분명해요." 하고 캉디드가 말했다.

그러자 마르탱이 대답했다.

"악마는 이 세상의 일에 아주 많이 끼어들고 있으니까 내 몸에도 들었을 수 있겠지요. 이 지구, 아니 더 정확한 표현으로 이 작디작은 구슬을 눈여겨보면, 신은 악을 행하는 어떤 존재에게 이것을 내맡겼다는 생각이 듭니다. 엘도라도는 예외지요. 이웃 도시가 망하는 꼴을 보고 싶어 하지 않는 도시를 보기 힘들고, 다른 가문을 멸망시키려 하지 않는 가문도 찾아보기 힘듭니다. 곳곳마다 약자는 강자를 증오하면서 강자 앞에서 설설 기고, 강자는 약자를 살과 털을 베어 팔아먹을 짐승 떼 정도로 취급하지요. 1백만 명의 폭력배들이 군대로 편성되어 빵을 벌기 위해 유럽의 이 끝에서 저 끝까지 휩쓸며 훈련받은 살인과 강도짓을 저지르지요. 왜냐하면 그들은 그보다 더 정정당당한 직업을 갖지 못했으니까요. 평화롭고 예술이 꽃피는 도시에 사는 사람들은 재난을 겪는 포위당한 도시 사람들보다 더 한층 탐욕과 걱정과 불안에 찌들어 있습니다. 드러나지 않은 슬픔은 공공연한 참상보다 더욱 잔인한 법이지요. 한마디로 나는 보고 겪은 게 너무 많아 마니교도가 되었답니다."

"하지만 선한 것도 존재해요."라고 캉디드가 말하니 마르탱이 이렇게 대답했다.

"그럴 수도 있겠죠. 하지만 나는 선한 것이라곤 아는 게 없는데요."

그들이 이런 논쟁을 하고 있는데 대포소리가 들려왔다. 포성은 점점 크게 들렸다. 두 사람은 각자 망원경을 집어 들었다. 약 5킬로미터 떨어진 곳에서 큰 배 두 척이 싸우고 있었다. 때마침 바람이 불어 싸우던 배들이 프랑스 선박 쪽으로 가까이 왔기 때문에 그들은 아주 수월하게 전투를 보는 즐거움을 누릴 수 있었다. 드디어 한쪽 배가 상대편을 향하여 일제히 정확하게 포탄을 퍼부어 상대편 배를 침몰시키고 말았다. 캉디드와 마르탱은 침몰하는 배의 갑판 위에 있는 사람 1백 명쯤을 뚜렷이 볼 수 있었다. 모두들 손을 하늘로 치켜들고 끔찍한 비명을 질러댔다. 순식간에 모든 것이 바닷속에 잠겨버렸다.

"자! 인간이 서로를 어떻게 취급하는지 바로 이걸 보면 되지요." 하고 마르탱이 말했다.

"정말, 이 일에는 뭔가 악마적인 뭔가가 있어요." 하고 캉디드가 말했다.

이렇게 말하고 있는데 그들이 탄 배 가까이 둥둥 떠다니는 뭔지 모를 선명한 붉은 물체가 그의 눈에 띄었다. 사람들은 도대체 그것이 무엇인지 보려고 구명보트를 타고 갔다. 그것은 캉디드의 양들 중 한 마리였다. 캉디드는 엘도라도의 많은 다이아몬드를 실은 양 1백 마리를 잃은 슬픔보다 그 양 한 마리를 찾은 기쁨이 더 컸다.

프랑스인 선장은 방금 상대편을 침몰시킨 배의 선장이 스페인 사람이고, 침몰한 배의 선장이 네덜란드인 해적이라는 것을 금방 알아보았다. 바로 그 침몰한 배가 캉디드의 보물을 도둑질해간 배였다. 그 사기꾼이 가로챈 막대한 부도 그와 함께 바닷속에 잠겨버렸고, 단지 한 마리의 양만 구출된 것이었다.

캉디드가 마르탱에게 말했다.

"보십시오. 때로는 죄가 벌을 받게 되지 않습니까? 그 불한당 같은 네덜란드인 선장은 마땅히 받아야 할 벌을 받은 겁니다."

"그렇죠. 하지만 그의 배에 탄 승객들은 무슨 죄로 죽어야만 했지요? 그 사기꾼을 벌준 것은 하느님이고, 다른 승객들을 빠져 죽게 만든 것은 악마이겠군요." 하고 마르탱이 말했다.

그러는 동안에도 프랑스 배와 스페인 배는 항해를 계속했고, 캉디드는 마르탱과 계속 대화를 나누었다. 그들은 보름 동안 내내 논쟁하였으나 결론을 내지 못하고 다람쥐 쳇바퀴 돌 듯 맴돌

뿐이었다. 어쨌든 그들은 이야기를 계속하고 의견을 교환하면서 서로 위안이 되기는 했다. 캉디드는 양을 쓰다듬어주며 말했다.

"잃어버렸던 너를 다시 찾았으니까 퀴네공드도 틀림없이 찾을 수 있을 거야."

제21장

캉디드와 마르탱은 프랑스 해안에
다가가는 동안 함께 추론한다

드디어 프랑스 해안이 보였다.

"마르탱 선생, 프랑스에 가 본 적이 있으시오?" 하고 캉디드가 물었다.

"예, 프랑스의 여러 지방을 두루 돌아다녀 보았지요. 어떤 지방은 주민의 반이 미쳤고 어떤 곳에서는 사람들이 너무 약삭빠르고, 또 어떤 곳의 사람들은 대체로 꽤 온순하거나 좀 바보스럽고, 그런가 하면 재치 있는 사람들이 사는 마을들도 더러 있더군요. 하지만 모든 마을에서 프랑스 사람들의 첫째가는 관심사는 사랑이고, 두 번째는 남 흉보기, 그리고 세 번째는 어리석은 이야기를 떠들고 다니는 것이랍니다." 하고 마르탱이 대답했다.

"그렇다면 마르탱 선생, 파리는 가보셨어요?"

"예, 파리에 가 보았죠. 여느 대도시들이나 다를 바 없더군요. 난장판이고, 모든 사람이 쾌락을 찾아 복닥거리는 정신없는 곳이죠. 하지만 진실로 쾌락을 찾은 사람은 아무도 없는 것 같습니다. 적어도 내 눈에는 그렇게 보였어요. 파리에 얼마 머무르지는 않았어요. 도착하자마자 가진 것을 몽땅 생제르맹 시장에서 소매치기 당했는데, 오히려 도둑으로 몰려 일주일 동안 감옥에 갇혀 있었죠. 풀려나온 다음엔 네덜란드까지 걸어가서 돌아갈 여비를 마련하려고 인쇄소에서 교정을 보았지요. 거기서 나는 엉터리 작가들, 음모를 꾸미는 악당들 그리고 협잡꾼 광신도들을 만나보았지요. 그런데 듣자 하니 그 도시에는 무척 예의바른 사람들도 있다더군요. 나도 그렇게 믿고 싶어요."

"나는 사실 프랑스를 보고 싶다는 호기심이 나지 않는군요. 쉽게 짐작이 가시겠지만, 엘도라도에서 한 달 동안 지내고 나니 퀴네공드 양말고는 세상 그 무엇도 볼 마음이 안 납니다. 베네치아로 빨리 가서 그녀를 기다릴 겁니다. 프랑스 땅을 가로질러 곧장 이탈리아로 갑시다. 당신도 같이 가주시겠지요?"

캉디드가 이렇게 다짐하자 마르탱이 동의했다.

"물론이지요. 베네치아는 베네치아 귀족에게만 살기 좋은 곳이라고들 하더군요. 하지만 돈 많은 외국인들은 환대한답니다. 나는 돈이 한 푼도 없지만 당신은 많지요. 당신이 가시는 곳이라면 어디든 따라가겠어요."

"그런데 말입니다, 마르탱 선생. 이 배의 선장이 가지고 있던 커다란 책에 적힌 대로, 육지가 원래는 바다였다고 생각하십니까?"라고 캉디드가 물었다.

"그런 건 전혀 믿지 않아요. 얼마 전부터 사람들이 퍼뜨리는 그런 허깨비 같은 소리들도 안 믿어요." 하고 마르탱이 말했다.

"그렇다면 이 세상은 무슨 목적으로 만들어졌을까요?" 하고 캉디드가 말했다.

"우리를 괴롭히려고요." 마르탱이 대답했다.

"오레용 족의 두 여인이 두 마리의 원숭이를 사랑한 이야기, 내가 들려준 그 얘기가 놀랍지 않았습니까?"

캉디드가 계속 물었다.

"전혀 안 놀라운데요. 원숭이에 대한 열정이 뭐가 이상한지 모르겠군요. 나는 기이한 일들을 하도 많이 보아서 그런지 이제 도통 신기한 게 없어요." 하고 마르탱이 대답했다.

캉디드가 다시 물었다.

"지금 곳곳에서 그러하듯이, 인간이 예전부터 늘 학살을 되풀이해왔다고 생각하십니까? 인간은 언제나 거짓말쟁이에 사기꾼, 배신자, 은혜를 모르는 자, 날강도, 허약자, 변덕쟁이, 비겁자, 욕심덩어리, 걸신, 주정뱅이, 수전노, 야심가, 학살자, 모략가, 난봉꾼, 광신자, 위선자에다 바보였다고 생각한단 말입니까?"

"그렇다면 당신은, 예나 지금이나 매가 비둘기를 보면 으레 잡아먹는다는 사실은 믿습니까?" 하고 마르탱이 물었다.

"예, 물론이지요." 하고 캉디드가 대답했다.

"그런데 매의 성질이 늘 다름없다는 사실은 인정하면서, 인간의 본성이 바뀌기를 바라는 이유는 뭡니까?" 마르탱이 물었다.

"오! 그건 다르지요. 왜냐하면 인간의 자유의지란……."

이렇게 토론하면서 그들은 보르도에 도착했다.

제22장

프랑스에서 캉디드와 마르탱에게 무슨 일이 일어났는가

보르도에 도착한 캉디드는 엘도라도에서 가져온 돌멩이 몇 개를 팔아 2인승 마차를 마련하자마자 그 도시를 떠났다. 이제 그는 철학자 마르탱 없이는 지낼 수 없었기에 둘이 타는 마차를 구한 것이다. 단 한 가지, 양과 헤어지는 것이 무척 속상했지만 그는 양을 보르도 과학원에 기증하였다. 과학원은 이 양의 털 색깔이 왜 붉은가 하는 것을 올해의 현상문제로 내걸었다. 이 상은 프랑스 북부 벨기에 접경 지역 출신의 학자에게 돌아갔는데, 그 학자는 A 더하기 B에 C를 빼고 Z로 나누어, 그 양의 털빛이 붉은색일 수밖에 없다는 것과 나중에 그 양이 천연두로 죽게 된다는 것까지 증명해보였다.

그런데 캉디드가 길거리 주막에서 만나는 나그네들은 모두 '우리는 파리로 간다'고 하였다. 모두 이렇게 야단들이니 캉디드도 마침내 그 도시를 보고 싶다는 생각이 들었다. 베네치아까지는 파리를 거쳐 간다 해도 그리 많이 돌아서 가는 것은 아니었다.

그는 변두리인 생마르소 구역을 거쳐 파리에 들어서면서, 마치 베스트팔렌의 가장 구질구질한 마을에 와 있는 듯한 느낌을 받았다.

캉디드는 여인숙에 들자마자 피로로 인해 가벼운 병에 걸리게 되었다. 그의 손가락에 커다란 다이아몬드 반지가 끼워져 있고 짐 속에는 작지만 엄청나게 무거운 상자가 있다는 사실이 알려지자 청하지도 않은 의사가 둘씩이나 득달같이 달려왔고 친한 척하는 이웃사람들이 그의 곁을 떠나지 않았으며, 신앙심 깊은 여신도 두 사람이 따끈한 고기국물을 만들어 먹여주었다. 마르탱이 이렇게 말했다.

"처음 여행할 때 나도 파리에서 병이 났던 기억이 나는군요. 나는 무척 가난했지요. 그러니 내게는 찾아오는 친구도, 독실한 여신도도, 의사들도 없었는데, 저절로 낫게 되더군요."

그러나 약과 사혈 때문에 캉디드의 병은 중해졌다. 이 동네 성당의 보좌 사제가 오더니, 저 세상에 갈 때 저승사자에게 줄 면죄부를 사지 않겠느냐고 은근히 물었다. 캉디드는 그런 것은 전혀 원치 않는다고 말했다. 그러자 옆에 있던 여신도들이, 요즘 다들 그렇게 하는 게 유행이니 안심하고 사라고 권유했다. 캉디드는 자신은 유행과 거리가 먼 사람이라고 대답했다. 마르탱은 보좌 사제를 당장 창문으로 집어던지려 했다. 신부는 캉디드에게, 당신은 죽어도 묻어줄 사람 하나 없을 것이라고 단언했다. 마르탱은 만약 계속 이렇게 성가시게 굴면 자기가 신부를 땅에 묻어 버리겠노라고 대꾸했다. 언쟁에 불이 붙었다. 마르탱이 신부의 어깨를 잡아 거칠게 내쫓아버렸다. 이 일이 대단한 물의를 빚어, 소송이 걸리기까지 하였다.

캉디드는 병이 나았다. 그가 완쾌될 때까지 저녁을 함께하곤 했던 아주 착한 말벗들이 있었다. 그들은 식사 후에 돈을 크게 걸고 카드놀이를 하기도 했다. 캉디드는 에이스카드가 한 번도 자기 손에 들어오지 않는다는 사실에 매우 놀라워했지만, 마르탱은 전혀 놀라지 않았다.

그 마을에 온 캉디드를 극진히 환대한 사람들 중에는 페리고르 출신 하급 신부가 한 사람 끼여 있었는데, 그는 열성적이고 항상 민첩하며 남의 일을 돕기 좋아하고 때론 뻔뻔하며 때론 알랑거리는, 싹싹한 사람이었다. 그는 마을을 지나가는 타관 사람들을 유심히 지켜보다가 그 마을의 추문을 들려주기도 하고 또 무슨 수를 써서라도 그들을 재미있게 해주려 하는 그런 류의 사람이었다. 그는 우선 캉디드와 마르탱을 극장으로 데려갔다. 최신작 비극이 무대에서 상연 중이었다. 캉디드는 몇몇 뛰어난 지성인들 옆에 앉게 되었다. 그랬지만 배우들이 완벽하게 연기해내는 장면에서 그는 울음을 참을 수 없었다. 옆에 앉아 있던 한 이론가가 막간에 그에게 이렇게 말했다.

"이런 연극을 보고 우는 것은 대단히 잘 못된 것이에요! 저 여배우는 아주 형편없는 연기자요. 그녀와 함께 연기하는 남자배

우는 더 형편없고, 각본은 배우들보다 더더욱 형편없어요. 작가는 아라비아어를 한마디도 못하는데, 연극의 무대는 아라비아라니…… 게다가 극작가는 본유 관념을 믿지 않는 사람이지요. 내일 그를 혹평하는 비평 팸플릿을 스무 권쯤 갖다 주겠소."

이 말을 듣고 캉디드는 신부에게 물었다.

"신부님, 프랑스에는 희곡이 몇 편 정도나 있습니까?"

"5~6천 편 있지요." 하고 신부가 대답했다.

"참 많군요! 그중에서 좋은 작품은 몇 편 정도 됩니까?"

"열다섯에서 열여섯 편 정도지요."

"많네요!" 이번에는 마르탱이 말했다.

캉디드는 때때로 무대에 오르는 평범한 비극에서 엘리자베스 여왕 역을 맡고 있는 여배우가 아주 마음에 들었다.

그가 마르탱에게 말했다.

"저 여배우한테 무척 호감이 가는군요. 퀴네공드 양과 무척 닮았어요. 그녀와 인사를 한번 나눴으면 좋겠네요."

페리고르 신부는 그를 그녀의 집에 안내해주겠다고 제의했다. 캉디드는 독일에서 자랐기 때문에, 이럴 경우 어떤 예절을 갖추어야 하는지, 그리고 프랑스에서는 영국 여왕역을 맡는 주연급 여배우를 어떻게 대하는지를 물어보았다.

"곳에 따라 다르지요. 지방에서는 그녀들을 주막으로 데려가고, 파리에서는 그녀들이 예쁠 때는 존중해주다가 죽으면 쓰레기장에 버리지요." 하고 신부가 말했다.

"여왕들을 쓰레기장에 던지다니!"라고 캉디드가 말하자 마르 탱이 이렇게 말했다.

"정말이에요. 신부님 말씀이 맞아요. 내가 파리에 있을 때 모 님이라는 여배우가 이 세상을 하직했는데, 사람들은 이른바 '매 장의 영예'를 그녀에게 허락하지 않았지요. 그러니까 그녀는 동 네의 온갖 거지들과 함께 형편없는 공동묘지에 묻혀 썩어갔단 말 입니다. 그녀는 부르고뉴 거리 한쪽 구석에 홀로 쓸쓸히 묻혔지 요. 본인에게는 틀림없이 지독한 고통이었을 거예요. 그녀는 사 고방식이 아주 고상했거든요."

"그것 참 무례한 일이군요." 하고 캉디드가 말했다.

"그럼 어쩌겠어요? 프랑스 사람들은 그렇게 생겨먹은 걸요. 세상에 일어날 수 있는 모든 모순, 모든 부조화를 한번 상상해보 십시오. 그렇게 상상할 수 있는 모든 모순들을 당신은 이 웃기는 나라의 정부에서, 재판소, 교회, 공연장, 어디서나 찾아볼 수 있을 것입니다." 하고 마르탱이 말했다.

"파리에서는 누구나 항상 웃고 다닌다는 말이 사실입니까?"

캉디드가 묻자 신부가 대답했다.

"그렇습니다. 그런데 화를 내면서 웃는 것이지요. 크게 웃음 을 터뜨리면서도 매사를 불평하니까요. 심지어는 가장 가증스런 짓들도 웃으면서 한답니다."

"그럼 내가 그렇게 눈물 흘리며 감동한 작품과 내게 그렇게도 기쁨을 준 배우들에 대하여 그토록 혹평한 작자는 누구입니까?"

하고 캉디드가 물었다.

"바로 살아 있는 악이지요. 그는 모든 작품들과 책들을 혹평하여 먹고 산답니다. 마치 내시가 바람둥이를 증오하듯이 그는 성공한 사람이라면 누구든 증오하지요. 그야말로 욕설과 독으로 먹고 사는 문학의 독사지요. 바로 삼류 작가예요." 신부가 말했다.

"삼류 작가 말씀인가요?"라고 캉디드가 말했다.

"쓸데없이 종이만 낭비하는 작자, 그러니까 프레롱 같은 사람을 말하지요."라고 신부가 말했다.

캉디드와 마르탱과 페리고르 신부는 문밖으로 줄지어 나오는 사람들을 보면서 계단에서 이런 이야기를 주고받고 있었다.

"퀴네공드 양을 만나는 것이 아무리 급하다고 해도 클레롱 양과 저녁을 함께하고 싶군요. 저는 그녀가 참 훌륭해 보였습니다." 하고 캉디드가 말했다.

신부는 점잖은 사람만 만나는 클레롱 양에게 가까이 갈 수 있는 부류의 사람이 못 되었다.

"그녀는 오늘 저녁 이미 약속이 있다고 하는군요. 하지만 당신을 품위 있는 귀부인 댁으로 모실 영광을 제게 주십시오. 거기 가면 당신은 이 도시에 4년 동안 산 사람처럼 파리를 잘 알 수 있게 될 것입니다."

호기심 많은 캉디드는 생토노레 구역 끝에 있는 부인의 집으로 동행했다. 거기서는 모두들 파라오라는 카드놀이에 열중해 있었다. 돈을 건 열두 명의 사람들은 각자 손에 작은 수첩을 들고 있었는데, 그것은 그들이 불행이 적혀 있는 괴물 같은 장부였다. 깊은 정적이 감돌았다. 돈을 건 사람들의 이마는 창백했고 물주의 이마에는 불안감이 깃들여 있었다. 냉혹한 물주의 옆에 앉은 이 집의 안주인은 살쾡이 눈을 하고서 돈을 거는 것을 눈여겨보며, 노름하는 사람들이 카드의 귀를 접지 않는지 감시하였다. 그녀는 엄중하면서도 예의바른 태도로 귀가 접힌 카드를 다시 펴게 하였다. 그녀는 단골을 잃을까 두려워 좀처럼 화내는 법이 없었다. 그 부인은 파롤리냑 후작 부인이라고 했다. 열다섯 살 먹은 그녀의 딸이 돈을 건 사람들 사이에 끼여 카드놀이를 하면서, 얄궂은 운수를 회복하려고 애쓰는 불쌍한 사람들의 속임수를 부인에게 눈짓으로 일러주고 있었다. 페리고르 신부와 캉디드와 마르탱이 들어섰다. 아무도 자리에서 일어서지 않았고, 인사하지 않았고 그들을 쳐다보지도 않았다. 모두 자기가 쥔 카드에만 정신이 팔려 있었다.

"툰더 텐 트롱크 남작 부인은 이보다 훨씬 더 예의를 알았었지." 하고 캉디드가 말했다.

그러나 신부가 후작 부인에게 다가가 귓속말을 했다. 그녀는 몸을 반쯤 일으키고 우아한 미소를 지으며 캉디드에게 정중히 인사했고, 마르탱에 대해서는 지극히 고상한 표정으로 맞아들였다. 그녀는 사람을 시켜 의자와 트럼프 한 벌을 캉디드에게 갖다 주게 했다. 캉디드는 단 두 판에 5만 프랑을 잃었다. 그런 다음 그들은 아주 즐겁게 저녁 식사를 했으며, 캉디드가 잃은 돈에 전혀 개의치 않는 것을 보고 모두들 놀라워했다. 하인들은 뒤에서 자기들끼리 통하는 말로 수군거렸다.

"저 사람은 틀림없이 영국의 부호일 거야."

식사는 파리의 보통 저녁 식사와 같았다. 처음에는 침묵이 흐르다가, 그 다음에는 구분할 수 없는 말소리들로 웅성거렸고, 그리고는 따분하기 일쑤인 농담들이며 유언비어, 엉터리 논쟁 그리고 약간의 정치 이야기와 숱한 험담들이 오갔다. 사람들은 새로 나온 책에 대해서도 이야기를 하였다.

"여러분, 신학박사인 고샤 씨의 소설을 읽어보셨습니까?" 하고 페리고르 신부가 물었다.

그중 한 사람이 대답했다.

"네, 하지만 끝까지 읽을 수가 없더군요. 터무니없는 글을 수 없이 읽어보았지만 그 모두를 합쳐도 신학박사인 고샤의 엉뚱함과는 비교가 안 돼요. 나는 요즘 넘쳐나는, 수많은 지긋지긋한 책들에 지쳐서 파라오 놀이를 시작했죠."

"T모 부주교의 〈문집〉은 어떻게 생각하십니까?" 신부가 물었다.

그러자 파롤리냑 후작 부인이 말했다.

"아! 말할 수 없이 지루하더군요! 세상이 다 아는 것을 마치 새로운 것처럼 써놓았어요. 말할 가치도 없는 것을 얼마나 심각한 이론으로 늘어놓았는지 정말 한심하더군요. 자신의 사상은 전혀 없이 남의 것을 가로채어 자기 것인 양 써놓았는데, 그렇게 가로챈 사상을 또 얼마나 망쳐놓았는지요! 그 사람이라면 정말 진저리가 나요. 하지만 더 이상 지긋지긋해할 일은 없을 거예요. 그 부주교의 책 몇 쪽을 읽은 것으로도 이제 충분하니까요."

좌중에는 후작 부인의 말을 지지하는 교양 있고 학식 있는 사람이 한 명 있었다. 그 다음에 사람들은 비극에 대해 이야기했는데, 부인은 왜 이따금 무대에서 공연은 되면서 희곡으로는 읽히지 않는 비극 작품들이 있느냐고 질문했다. 그 교양 있는 남자는, 문학적으로는 아무 가치도 없는 비극 작품 한 편이 어떻게 무대에서는 관객의 흥미를 끌 수 있는지를 잘 설명했다. 그는 모든 소설에서 볼 수 있을 뿐더러 늘 관객의 흥미를 끄는 그러한 한두 가지 상황을 전개시키는 것만으로는 충분치 못하지만, 기괴하지 않으면서도 새로운 것이어야 하며, 숭고하면서도 항상 자연스러워야 한다는 것을 몇 마디 안 되는 말로 증명해보였다. 또한 인간의 마음을 이해하여 살아 숨 쉬는 말이 되도록 해야 하고, 비극 작품의 어떤 등장인물도 시인처럼 보이지 않으면서도 훌륭한 시인이어야 하며, 언어를 완벽하게 알아서 운율을 지키느라고 의미를 축소시키는 법 없이 그 언어를 순수하고 항상 조화를 이루는 말이 되도록 해야 한다고 말했다. 그리고 이렇게 덧붙였다.

"이 모든 규칙을 지키지 않는 작가는 누구든지 극장에서 한두 편의 작품을 성공시킬 수 있을지는 모르지만 절대로 좋은 작가의 대열에는 낄 수 없지요. 좋은 비극 작품은 매우 드물지요. 어떤 것들은 운율이 잘 맞고 잘 쓰인 대화체 목가에 불과하고, 어떤 것들은 관객을 잠들게 하는 정치적 이론이거나 반감을 일으키는 지나친 열변인 데다가, 또 어떤 것들은 조잡한 문체의 광신적인 명상이거나, 두서없는 이야기이거나, 인간에게는 말할 줄 모르기 때문에 신들에게만 호소하는 것들이거나, 엉터리 격언들이거나, 케케묵은 이야기를 과대 포장한 것들이랍니다."

캉디드는 그 말을 주의 깊게 듣고 연사의 훌륭한 사상을 납득하였다. 후작 부인의 세심한 배려로 그녀의 곁에 앉게 된 캉디드는 부인의 귀에 대고 저렇게 말을 잘하는 저 사람이 누구냐고 물어볼 수 있었다.

"학문이 깊은 사람이에요. 도박은 절대 하지 않지만 신부님에게 이끌려 가끔 저녁 식사에 나오지요. 그는 비극 작품들과 책들에 정통한 사람이긴 한데, 그가 쓴 것이라고는 야유 받은 비극 한 편과, 그의 서재에 꽂혀 있는 것 말고는 시중에서 찾아볼 수 없는 내게 헌정한 책 한 권이 전부랍니다."

"대단한 사람이야! 또 다른 팡글로스가 여기 계시는군."

캉디드는 이렇게 말하고 나서 그 교양있는 남자를 돌아보며 물었다.

"선생, 당신은 이 세상이 정신적으로나 물질적으로나 최선의 상태로 이루어져 있으며 다른 세상은 상상할 수 없다고 생각하시겠죠?"

"전혀 그렇게 생각하지 않습니다. 이 세상은 모든 것이 거꾸로 되어가고 있다고 봅니다. 아무도 자기의 위치가 무엇인지, 자기의 책임이 어떤 것인지 모르며, 자기가 무엇을 하고 있는지, 자기가 무엇을 해야만 하는지도 모른답니다. 모든 것이 꽤 즐겁고 제법 단합된 것 같아 보이는 저녁 식사 때를 제외하고 나머지 시간에는 끊임없이 분쟁을 일삼고 있을 뿐이에요. 얀센파는 몰리나파와, 의회 의원은 성직자들과, 문인은 문인들끼리, 조정의 고관들은 고관들끼리, 은행가들은 소시민과, 아내는 남편과, 친족은 친족끼리 서로 싸웁니다. 영원한 전쟁이지요."

캉디드는 그의 말에 대해 반박했다.

"나는 그보다 더한 것도 보았어요. 하지만 불행히도 교수형을 당한 어떤 현자가 내게 가르치기를, 이 세상은 더할 나위 없이 훌륭하다고 했지요. 다시 말해 아름다운 그림의 그늘이라는 것이지요."

이 말에 마르탱이 말했다.

"교수형 당한 그 현자는 세상을 비웃었군요! 당신이 말하는 그늘이라는 것은 끔찍한 얼룩이라고요!"

"얼룩을 만드는 것은 인간들이에요. 그들은 그 얼룩들을 피할 수가 없어요." 캉디드가 말했다.

"그러면 그것은 그들의 잘못이 아니지요." 마르탱이 말했다.

도박을 하던 사람들 대부분은 이 논쟁을 귀담아 듣지 않고 술을 마시고 있었다. 마르탱은 그 학자와 함께 토론을 계속하였고, 캉디드는 그 집의 여주인에게 자기의 여행담을 일부 들려주었다.

저녁 식사를 마친 다음 후작 부인은 캉디드를 자기 방으로 데려가서 소파에 앉혔다.

"그런데, 당신은 아직도 툰더 텐 트롱크의 퀴네공드 양을 열렬히 사모하나요?"

"그렇습니다. 부인."

캉디드의 대답에 후작 부인은 부드러운 미소를 띠고 이렇게 반박했다.

"당신은 베스트팔렌 출신 젊은이답게 대답하는군요. 프랑스 남자라면 이렇게 대답했을 거예요. '퀴네공드 양을 좋아하는 것은 사실입니다만, 부인을 뵈니 그녀를 더 이상 사랑하지 않게 될까 두렵군요'라고요."

"오! 부인, 당신이 원하시는 대로 말하지요." 캉디드가 말했다.

"그녀에 대한 당신의 열정이 그녀의 손수건을 주워주면서 시작되었다고요? 그렇다면 내 양말대님을 주워주실 수 있겠어요?" 후작 부인이 말했다.

"기꺼이 그렇게 하지요." 캉디드가 대답했다. 그리고 그것을 주워주었다.

"아니 당신이 다시 매줘요." 부인이 말했다. 그러자 캉디드는 그것을 다시 매주었다.

"보세요, 당신은 외국인이에요. 나는 가끔 파리에 사는 나의 연인들을 보름씩이나 애태우죠. 하지만 나는 첫날밤부터 당신에게 기꺼이 승낙하겠어요. 베스트팔렌의 젊은 남자에게 고향의 명예를 돌려줘야 하니까요."

이렇게 말하고 나서 그 미인은 젊은 외국인의 두 손에 번쩍이는 큼직한 두 개의 다이아몬드를 알아보고 어찌나 경탄해마지 않던지, 캉디드는 반지를 자기 손가락에서 빼내어 후작 부인의 손가락에 끼워주었다.

캉디드는 페리고르 신부와 함께 여인숙으로 돌아오면서 퀴네공드 양을 배신했다는 가벼운 후회가 들었다. 신부는 자기 나름대로 고민에 빠졌다. 그는 캉디드가 노름에서 잃은 5만 프랑과, 반은 준 것이지만 반은 강탈당한 것이나 다름없는 두 개의 다이아몬드의 대가로 극히 적은 액수를 분배받았을 뿐이었다. 그의 계획은 캉디드를 잘 사귀어서 가능한 한 캉디드로부터 최대한 많은 것을 얻어내자는 것이었다. 그는 퀴네공드에 대하여 많은 것을 물었고, 캉디드는 베네치아에서 그녀를 만나게 되면 자신이 저지른 부정에 대해 용서를 구하겠다고 말했다.

페리고르 신부는 두 배나 예의바르고 친절하게 캉디드가 말하는 모든 것과 그가 하고 있는 모든 일, 그리고 그가 하려는 모든 일에 대해 정감어린 관심을 표했다.

신부가 캉디드에게 물었다.

"그러니까 당신은 그녀를 베네치아에서 만나기로 했단 말이지요?"

"네, 신부님. 퀴네공드 양을 만나러 거기 가야만 해요." 캉디드가 말했다.

그러고 나서 캉디드는 사랑하는 사람에 대한 이야기를 하는 기쁨에 취해 그 유명한 베스트팔렌 여자와 자기 사이에 있었던 일을 약간 들려주었다.

신부가 말했다.

"내가 생각하기로는, 퀴네공드 양은 교양이 있어 편지를 훌륭하게 쓸 것 같군요."

"저는 그녀에게서 편지를 한 통도 받아본 적이 없어요. 생각해보세요. 그녀를 사랑한 탓에 성에서 쫓겨나 그녀에게 편지를 쓰지 못했거든요. 그리고는 곧 그녀가 죽었다는 소식을 들었고 나중에 그녀를 다시 만나게 되었는데, 곧 헤어졌어요. 지금은 이곳에서 1만 킬로미터 정도나 떨어진 곳에 있는 그녀에게 편지를 지닌 사람을 보내놓고 회답을 기다리고 있는 중이지요."

신부는 캉디드의 말을 주의 깊게 듣더니, 잠시 무슨 생각을 하는 듯했다. 그러고 나서 이 두 외국인을 부드럽게 껴안고 작별 인사를 나눈 다음 돌아갔다. 그 다음날 캉디드는 잠에서 깨어나서 다음과 같은 내용이 담긴 편지를 받았다.

"나의 사랑하는 연인에게.

내가 이 도시에서 몸져누운 지 벌써 일주일이 지났군요. 당신도 이곳에 있다는 소식을 들었어요. 움직일 수만 있다면 당신 곁으로 날아가겠어요. 당신이 보르도를 거쳐 간다는 것을 알고서 충실한 카캉보와 할멈을 그곳에 남아있게 했는데, 곧 나를 따라올 거예요. 부에노스아이레스 총독이 보물을 모두 다 가져갔지만, 내겐 당신의 마음이 남아 있어요.

　내게로 와주세요. 당신을 보면 나는 살아날 거예요. 아니 어쩌면 너무 기뻐 죽을지도 모르겠군요."

기대하지 않았던 이 매혹적인 편지를 받고 캉디드는 이루 말할 수 없이 기뻤으나 사랑하는 퀴네공드가 아프다는 소식에 마음이 괴로웠다. 두 가지 감정이 엇갈리는 가운데, 그는 금과 다이아몬드를 가지고 마르탱과 함께 퀴네공드 양이 묵고 있는 호텔로 찾아갔다. 그는 북받치는 감정에 떨며 안으로 들어갔다. 그의 심장은 고동치고 목소리는 오열로 메었다. 캉디드는 침대의 커튼을 열어젖히고, 등불을 가져오라고 시켰다.

"조심하세요. 빛을 보면 아가씨는 돌아가실 거예요."

하녀가 이렇게 말하며 성급히 커튼을 닫았다.

"사랑하는 퀴네공드, 좀 어떠십니까? 나를 볼 수 없다면 말이라도 해봐요." 하고 캉디드가 울면서 말했다.

"말도 못 하셔요." 하고 하녀가 말했다.

그러자 여인은 침대에서 포동포동한 손을 내밀었다. 그 손을 잡고 캉디드는 그녀의 손등이 흠뻑 젖을 정도로 오랫동안 울고 나서, 다이아몬드를 손에 가득 쥐어주고 금이 가득 들어 있는 가방을 의자 위에 내려놓았다.

그가 한참 흥분에 들떠 있을 때 헌병장교가 페리고르 신부와 보병분대를 거느리고 나타났다.

헌병장교가 말했다.

"의심스런 두 사람이 바로 저들이오?"

그는 그들을 즉시 체포하여 감옥에 가두라고 병사들에게 지시했다.

"엘도라도에서는 여행객을 이렇게 취급하지 않았는데……." 하고 캉디드가 말했다.

"나는 예전보다 더욱더 마니교 신봉자가 되었소." 하고 마르탱이 말했다.

"그런데 여보시오, 우리를 어디로 데려가는 것입니까?"

캉디드의 물음에 헌병장교가 대답했다.

"축축한 지하 감옥으로."

이성을 되찾은 마르탱은, 퀴네공드라고 자처한 부인은 사기꾼이었으며 캉디드의 순진함을 최대한 악용한 페리고르 신부도 사기꾼이고 헌병장교 역시 사기꾼이란 것을 알아차렸다. 그는 이 헌병장교쯤은 쉽게 떨쳐버릴 수 있다고 판단했다.

마르탱의 귀띔도 있었던 데다 진짜 퀴네공드를 다시 만나는 일이 더 급한 캉디드는, 법정에 나가 재판을 받느니 차라리 한 개에 금화 3천 피스톨이 나가는 다이아몬드 세 개를 헌병장교에게 주고 흥정하기로 했다.

상아로 된 곤봉을 옆구리에 찬 헌병장교가 말했다.

"오! 선생, 당신이 상상할 수 있는 모든 죄를 다 지었다 하더라도 당신은 이 세상에서 가장 정직한 분이십니다! 다이아몬드를 세 개씩이나! 한 개에 3천 피스톨이나 하는데! 선생! 당신을 감옥에 데려가는 대신에 내 목숨을 바치기라도 하겠소. 거리의 모든 외국인을 체포하게 되어 있지만 그것은 내가 알아서 처리하겠소. 노르망디의 디에프에 동생이 살고 있는데 그곳에 당신들을 데려다 드리지요. 그리고 그에게도 다이아몬드를 약간 준다면 그도 나만큼 당신들을 잘 돌봐줄 겁니다."

"왜 거리의 모든 외국인들을 체포하지요?"

캉디드의 물음에 그제야 페리고르 신부가 대답했다.

"그것은 아트레바티 지방의 한 반역자가 바보들이 하는 소리에 귀를 기울였기 때문이오. 그 말이 그로 하여금 대역죄를 저지르게 하였는데 1610년 5월의 반역이 아니고 1594년 12월에 일어났던 것과 같은 종류의 대역죄라오. 그리고 다른 대역죄인들이 모월 모일에 역시 바보 같은 소리에 귀를 기울여 몇 차례 반역을 기도한 적이 있었는데, 바로 그런 종류의 음모와 같은 것이지요."

헌병대장이 그 사건의 내용을 자세히 설명해주었다.

캉디드가 외쳤다.

"오, 이런 괴물들 같으니! 도대체 노래하고 춤추는 민족에게 그런 끔찍한 일들이 있을 수 있는가! 원숭이가 호랑이를 성가시게 하는 이런 나라에서 될 수 있는 대로 빨리 벗어날 수는 없는가? 우리 나라에서는 곰 같은 인간[28]들과 함께 살았지. 인간다운

---

28 볼테르식 동물 우화에서 원숭이는 종종 성직자를, 사자는 광신도를, 곰은 용병을 가리킨다.

인간을 볼 수 있는 곳은 엘도라도뿐이었어. 제발 헌병나리, 나를 어서 베네치아로 데려가주시오. 그곳에서 나는 퀴네공드 양을 기다려야 해요."

"나는 당신들을 남부 노르망디의 디에프까지밖에는 데려다 줄 수 없소." 하고 헌병대장이 말했다.

그는 즉시 수갑을 풀어주고 사람을 잘못 보았다는 말을 하면서 부하들을 돌려보내고, 캉디드와 마르탱을 디에프로 데려가 그들을 자기 동생 손에 넘겼다. 부두에는 네덜란드 배가 한 척 있었다. 그 노르망디인은 다이아몬드 세 개를 받자 최고로 친절한 사람이 되어 캉디드와 그의 일행을 영국의 포츠머스로 떠나는 배에 태웠다. 베네치아로 가는 길은 아니었지만 캉디드는 지옥에서 놓여나는 기분이었고, 기회가 닿는 대로 곧장 베네치아로 떠나리라 생각했다.

제23장

캉디드와 마르탱이 영국 해안가에 가서 무엇을 보는가

"아, 팡글로스! 팡글로스! 아, 마르탱! 마르탱! 아, 내 사랑하는 퀴네공드! 도대체 이 세상은 뭐란 말인가?" 캉디드가 네덜란드 배의 갑판 위에서 외쳤다.

"이 세상은 단단히 미쳤고, 끔찍한 곳이지요." 마르탱이 말했다.

"영국에 대해서는 알아요? 거기 사람들도 프랑스 사람들처럼 제정신이 아닌가요?"

캉디드의 물음에 마르탱이 대답했다.

"미치긴 미쳤는데 종류가 좀 다르죠. 영국과 프랑스 두 나라가 캐나다 근처의 몇 에이커 안 되는 눈 덮인 땅을 놓고 전쟁 중이라는 것 아시죠? 두 나라는 그 잘난 전쟁에 캐나다 전체의 값보다 훨씬 비싼 값을 치르고 있답니다. 두 나라 중 어느 나라에 더 미친 사람이 많은지는 내 지식이 부족해 정확히 말할 수 없지만 말입니다. 내가 아는 건, 이제 우리가 보게 될 사람들이 무척 침울하고 화를 잘 내는 성격이라는 것뿐이오."

이야기를 하는 사이에 그들을 태운 배는 포츠머스 항구에 닿았다. 항구에는 한 떼의 군중이 해안을 가득 메우고 있었다. 그들은 바다에 떠 있는 배들 가운데 어느 한 척의 갑판 위에, 눈을 가린 채 무릎 꿇고 앉아 있는 꽤 뚱뚱한 남자를 주의 깊게 지켜보았다. 그 남자의 맞은편에 서 있던 병사 네 사람이 그의 두개골을 겨냥하여 세상에서 가장 평화스러운 모습으로 각자 총을 세 발씩 쏘았고, 이를 본 군중들은 아주 흡족해하며 돌아섰다.

"대체 이게 다 무슨 일입니까? 어떤 악마가 곳곳에서 힘을 떨치고 있단 말입니까?"

이렇게 말하고 캉디드는 방금 사람들이 격식을 갖추어 죽인 그 뚱뚱한 남자가 누구인지 물어 보았다.

"해군 제독이오." 하고 사람들이 대답했다.

"그런데 제독을 왜 죽였지요?"

"그가 사람들을 많이 죽이지 못했기 때문이지요. 그는 프랑스 해군 제독을 상대로 전투를 벌였는데, 그에게 접근해서 싸우지도 못했대요."

"그렇다면 그 프랑스 제독도 영국 제독에게 접근하지 못했다는 얘기 아닙니까?"

캉디드의 말에 사람들이 대답했다.

"물론 그렇지요. 하지만 이 나라에서는 가끔 제독을 한 명씩

총살하는 것이 다른 사람들의 용기를 북돋우는 데 좋답니다."

캉디드는 그가 보고 들은 바에 너무 충격을 받고 얼이 빠져서
그 땅에 발을 들여놓기도 싫어졌다. 그래서 그는 지체 없이 베네
치아로 데려다달라고 네덜란드인 선장과 협상을 하였다(이 선장
역시 수리남의 네덜란드인 선장처럼 바가지를 씌운다 해도 어쩔
수 없는 일이었다).

선장은 이틀 만에 준비를 끝냈다. 배가 프랑스 해안을 끼고돌
아 리스본 항구가 보이는 지점을 지날 때 캉디드는 전율을 느꼈
다. 배는 해협을 통과해 지중해로 들어서더니 마침내 베네치아에
도착했다.

캉디드는 마르탱을 얼싸안으며 소리쳤다.

"하느님 감사합니다! 여기서 아름다운 퀴네공드를 다시 만나
게 되겠군요. 나는 카캉보를 나 자신과 다름없이 믿고 있지요. 모
든 것이 잘되어 있고, 모든 것이 잘되어 갑니다. 모든 것이 최선으
로 되어갈 것입니다."

제24장

파케트와 지로플레 수사에 대한 이야기

캉디드는 베네치아에 도착하자마자 카캉보를 찾아 모든 주막과 카페와 사창가를 샅샅이 뒤졌으나, 카캉보는 끝내 보이지 않았다. 그는 사람을 시켜 매일 모든 대형 선박과 작은 배들까지 샅샅이 뒤지게 했다. 그러나 카캉보는 감감무소식이었다.

캉디드가 마르탱에게 말했다.

"세상에! 내가 수리남에서 보르도로, 보르도에서 파리로, 파리에서 디에프로, 디에프에서 영국의 포츠머스까지 갔다가 포르투갈과 스페인을 끼고 지중해를 건너 베네치아로 와서 이곳에 벌써 여러 달째 머무르고 있는데도, 퀴네공드 양은 여태 오지 않았다니! 그녀 대신에 사기꾼 여자와 사기꾼 페리고르 신부만 만났을 뿐이라니! 퀴네공드는 아마 죽었을 거예요. 나도 이제 죽을 수밖에 없어요. 아! 이 망할 놈의 유럽에 돌아오지 말고 엘도라도 낙원에 남아 있을 걸. 친애하는 마르탱! 당신 말이 옳아요. 모든 것은 환상이고 이 세상은 재앙으로 가득 차 있을 뿐이에요."

그는 심한 우울증에 빠졌다. '한창 인기 절정'인 오페라에도 가지 않았고 카니발의 재미있는 행사에도 끼지 않았다. 여자를 보아도 마음이 전혀 동하지 않았다.

마르탱이 그에게 말했다.

"주머니에 5~6백만 파운드에 달하는 다이아몬드를 가진 혼혈인 하인이, 세상 끝까지라도 가서 당신 애인을 찾아 베네치아에 있는 당신에게 데려오리라고 믿다니, 참 순진도 하시군요. 만일 그녀를 찾았다면 그가 가로챘을 것이고, 못 찾았다면 다른 여자를 얻었겠죠. 내 충고하겠는데, 이젠 하인 카캉보와 애인 퀴네공드를 잊어버려요."

마르탱의 말은 위로가 되지 않았다. 캉디드의 우울증은 더 심해졌다. 아무나 갈 수 없는 엘도라도라면 몰라도 이 세상에는 덕이나 행복이 존재하지 않는다고 마르탱은 캉디드에게 귀에 못이 박히도록 얘기했다.

여전히 퀴네공드를 기다리며 이 중요한 문제를 놓고 논쟁을 벌이고 있던 어느 날, 캉디드는 성마르코 광장에서 테아토 수도회의 수사 한 사람이 여자와 팔짱을 끼고 가는 것을 보았다. 수사는 생기 있고 건장하며 기운차 보였다. 그의 눈은 빛났고, 표정은 자신감이 넘쳤으며, 안색이 좋고 걸음걸이는 당당했다. 여자는 아주 예뻤고, 노래를 부르고 있었다. 그녀는 사랑스럽게 그 수사를 쳐다보았고 가끔씩 그의 통통한 뺨을 살짝 꼬집어주기도 하였다.

캉디드가 마르탱에게 말했다.

"적어도 저 사람들만은 행복한 사람들이라고 말할 수 있겠죠. 나는 이제껏 엘도라도를 제외하고는 인간이 사는 곳이면 어디든지 불행한 사람들만 보아왔지요. 하지만 저 여자와 테아토의 수사만은 행복한 사람들이라고 확신해요. 내기를 걸 수도 있어요."

"나는 아니라는 쪽에 걸죠." 마르탱이 말했다.

"저 사람들보고 점심 식사를 함께하자고 합시다. 그러면 내 생각이 틀렸는지 맞았는지 알게 될 겁니다."

캉디드는 곧장 그들에게 다가가 인사를 정중히 하고 나서 자기가 묵는 호텔에서 마카로니 국수와 롬바르디아산 자고새 요리와 철갑상어알과 몬테풀치아노산 포도주와 베수비오산 사향포도주와 키프로스산 포도주, 사모스산 포도주를 함께하자고 초대했다. 여자는 얼굴을 붉혔고, 테아토회 수사는 기꺼이 초대에 응했다. 따라오던 여자는 놀라고 당황한 눈빛으로, 눈물이 그렁그렁한 채 캉디드를 쳐다보며 수사의 뒤를 따랐다. 캉디드의 호텔 방에 도착하자마자 그녀는 남몰래 캉디드에게 말을 건넸다.

"어쩌면! 캉디드 선생님께서 이 파케트를 못 알아보시다니요!"

그때까지 퀴네공드만을 생각하느라 그녀를 눈여겨보지 않았던 캉디드는 놀라며 말했다.

"세상에! 당신이 바로 팡글로스 박사를 그 지경으로 만들어 놓은 여자란 말이오?"

"세상에! 네, 선생님! 바로 저예요. 전부 알고 계시네요. 저도 남작 부인 마님댁 온 가족분들과 아름다운 퀴네공드 아가씨에게 일어났던 그 끔찍한 불행을 전해 들었죠. 맹세코 제 운명도 정말 이지 그분들만큼이나 비참했답니다. 예전에 선생님께서 저를 아셨던 무렵에는 제가 무척 순진했어요. 그런데 제 고해성사를 받아주던 프란치스코회 소속의 수사가 저를 쉽게 유혹했지요. 그 결과는 끔찍했답니다. 남작 나리께서 당신을 발길로 차서 내쫓은 지 얼마 뒤에 저도 그 성을 나오지 않을 수 없었어요. 어떤 유능한 의사가 저를 불쌍하게 여기지 않았다면 전 벌써 죽었을 거예요. 얼마 동안은 감사의 표시로 그 의사의 정부 노릇을 했지요. 미칠 듯 질투가 난 그의 부인은 날마다 제게 사정없이 매질을 해댔습니다. 사나운 여자였어요. 그 의사는 모든 남자들 중에서 가장 못생긴 사람이었고, 저는 제가 좋아하지도 않는 남자 때문에 쉴 새 없이 얻어맞는, 모든 피조물 중에서도 가장 불행한 여자였습니다. 선생님도 잘 아실 거예요. 성미 고약한 여자가 의사의 부인이라는 것이 얼마나 위험한지를 말입니다. 아내의 행동에 화가 나 있던 의사가 하루는 가벼운 감기를 치료하려고 감기약을 주었는데, 그 약이 어찌나 효험이 좋던지 그녀는 끔찍한 경련을 일으키다가 두 시간만에 죽고 말았어요. 장인, 장모가 살인죄로 고발하자 그는 도망치고, 저는 감옥에 갇혔지요. 제가 아무리 결백하다 해도 만일 인물이 반반하지 않았더라면 구출되지 못했을 거예요. 판사는 의사의 자리를 인계받는다는 조건하에 저를 풀어주었지요. 하지만 곧 다른 여자가 나타나 제 자리를 차지했을 때 저는 돈 한푼 받지 못한 채 쫓겨났고, 이 지긋지긋한 직업을 계속해야 만 했답니다. 이 일이 남자들 눈에는 아주 즐거운 것처럼 보이겠 지만 저 같은 여자들에겐 비참의 구렁텅이지요. 그 뒤 베네치아 로 와서 이 직업을 계속하고 있답니다. 아, 선생님! 늙은 장사꾼, 변호사, 수사, 뱃사공, 신부 등 아무에게나 상관없이 애무를 해야 만 한다는 것이 얼마나 끔찍한 일인지 상상이나 하실 수 있는지 요? 온갖 모욕과 욕설을 들어야 하고, 돈이 바닥났을 땐 구역질나 는 사내가 들어 올릴 치마조차도 빌려 입어야 하는 형편이 되기 도 하고, 그렇게 번 돈을 또 다른 사내에게 강탈당하기도 하고, 경 찰들에게 대가를 강요당하고, 그렇게 살다가 결국 늙어서 요양소 나 빈민굴에서 비참한 말로를 맞게 될 수밖에 없는 신세가 어떤 것인지 선생님께서 상상할 수 있다면, 제가 이 세상에서 가장 불 행한 피조물 중 하나라고 결론 내리실 수 있을 텐데요."

파케트는 착한 캉디드가 투숙하고 있는 방에서 마르탱이 지 켜보는 가운데 캉디드에게 이와 같이 자신의 마음을 털어놓았다.

마르탱이 캉디드에게 말했다.

"그것 보세요. 내기의 반은 내가 벌써 이긴 것 같은데요."

한편 지로플레 수사는 식당에 혼자 남아 저녁 식사를 기다리 며 한 잔 마시고 있었다.

캉디드가 파케트에게 말했다.

"하지만, 내가 당신을 만났을 때 당신은 아주 즐겁고 만족스러운 표정이었소. 당신은 노래를 부르며 기꺼운 마음으로 그 테아토회 수사를 어루만지고 있었소. 당신은 자신이 불행한 사람이라고 주장하지만 내게는 아주 행복하게 보였다오."

파케트가 대답했다.

"오! 선생님, 바로 제 직업의 비참함이 거기에 있답니다. 어제는 한 장교에게 돈을 빼앗기고 얻어맞기까지 했고, 오늘은 한 수사에게 잘 보이려고 기분이 좋은 척해야 하니까요."

캉디드는 더 이상 듣고 싶지 않았다. 그는 마르탱이 옳았음을 인정했다. 그들은 파케트와 테아토회 수사와 함께 식탁에 앉았다. 식사는 제법 즐거웠고 식사가 끝날 무렵에는 서로 웬만큼 신뢰하면서 대화를 나누게 되었다.

캉디드가 수사에게 말했다.

"수사님, 제가 보기에 당신은 모든 사람이 부러워할 만한 인생을 즐기고 있는 것 같습니다. 당신의 얼굴은 건강으로 빛나고 당신의 표정에는 행복이 깃들어 있어요. 게다가 심심풀이로 예쁜 여자까지 갖추었으니, 테아토회 수사로서의 현재 처지에 무척 만족한 듯이 보입니다."

지로플레 수사가 말했다.

"사실대로 말하자면 선생, 나는 테아토회 수사들이 모조리 바다에 빠져 물귀신이 되어버렸으면 한답니다. 1백 번도 넘게 수도원에 불을 지르고 회교로 개종하려고 마음먹었답니다. 나의 부모님은 망할 놈의 큰형에게 재산을 좀 더 물려주려고 내 나이 열다섯에 내게 억지로 이 지긋지긋한 수도복을 입혔죠. 큰형에게 벌이 내리길! 수도원은 시기심과 불화와 광기로 가득 차 있어요. 내가 돈을 받고 엉터리 설교를 몇 번 해준 것은 사실이지만 그 돈의 반은 수도원장이 가져가고, 나머지는 여자를 사는 비용으로 나가지요. 그러나 밤이 되어 수도원으로 들어가면 기숙사의 벽에 머리를 짓찧어 부수고 싶답니다. 그곳의 동료 수사들 모두 비슷한 형편이지요."

마르탱은 평소처럼 태연하게 캉디드 쪽을 돌아보며 말했다.

"자, 내가 내기에 완전히 이겼지요?"

캉디드는 2천 피아스타를 파케트에게 주고 1천 피아스타를 지로플레 수도사에게 주고 나서 말했다.

"이것으로 그들이 행복해질 것입니다."

마르탱이 그 말을 받았다.

"나는 전혀 그렇게 생각하지 않습니다. 아마도 당신이 준 그 돈은 그들을 훨씬 더 불행하게 만들 것입니다."

캉디드가 말했다.

"그렇게 된다 해도 어쩔 수 없는 일이지요. 하지만 한 가지 위안이 되는 것은 절대로 다시 만나지 못할 것 같은 사람들을 가끔 다시 만나게 되는 일이라오. 내 붉은 양과 파케트를 만날 수 있었듯이, 퀴네공드도 만날 수 있겠죠."

마르탱이 말했다.

"언젠가는 그녀가 당신을 행복하게 해줄 수 있기를 바랍니다.

하지만 그것이 참 의심스럽긴 하군요!"

"당신은 참으로 냉혹하군요." 하고 캉디드가 말했다.

"그렇게 살아왔으니까요." 하고 마르탱이 말했다.

"하지만 곤돌라 젓는 뱃사공들을 보세요. 그들은 끊임없이 노래하고 있잖아요?" 캉디드가 말했다.

"당신은 그들이 아내와 어린아이들을 데리고 어떤 일상생활을 해나가는지 모릅니다. 베네치아 총독[29]이 자신의 슬픔을 지니고 있듯이 뱃사공 또한 자신의 슬픔을 지니고 있답니다. 인생 전체를 볼 때 뱃사공으로서의 운명이 총독보다는 조금 나은 것이 사실이긴 하지요. 하지만 그 차이란 아주 미미해서 검토해볼 가치도 없는 것이랍니다." 하고 마르탱이 말했다.

"사람들이 말하기를, 브렌타의 아름다운 성에 포코퀴란테라는 상원의원이 사는데, 그는 외국인들을 제법 잘 대접한다고 하더군요. 그 의원은 슬픔이란 것을 느껴본 적이 없는 사람이랍니다." 하고 캉디드가 말했다.

"그런 희귀한 인종을 나도 한번 만나보고 싶군요." 하고 마르탱이 말했다.

캉디드는 곧 다음날 포코퀴란테 의원을 방문할 수 있도록 허락을 얻어놓으라고 시켰다.

---

29 종신직으로 선출된 베네치아 공화국의 최고 행정관이며 행정부의 모든 위원회의 수장을 겸한다.

제25장

베니치아 귀족 포코퀴란테 의원 댁을 방문하다

캉디드와 마르탱은 곤돌라를 타고 브렌타에 있는 포코퀴란테 공의 궁전에 도착했다. 정원은 잘 정돈되어 있고 대리석 조각들로 아름답게 꾸며져 있었다. 또한 궁전은 멋진 건축양식으로 지어져 있었다. 집주인은 나이 예순 살의 부유한 노인으로, 이 두 호기심 많은 방문객을 깍듯이 맞기는 했지만 열정은 거의 보이지 않았다. 그의 그런 태도에 캉디드는 무척 불편해했으나 마르탱은 전혀 기분 나빠하지 않았다.

먼저 깨끗한 복장의 예쁜 아가씨 둘이 거품을 잘 낸 초콜릿 음료를 대접하였다. 캉디드는 그녀들의 아름다움과 친절함과 세련됨을 칭찬하지 않을 수 없었다.

그러자 포코퀴란테 의원이 말했다.

"그래요. 제법 괜찮은 애들이지요. 나는 이따금 그녀들에게 나의 잠자리 시중을 들도록 하지요. 나는 이젠 귀족 부인들한테는 싫증이 났기 때문이라오. 그녀들의 질투, 말다툼, 변덕, 유치함, 자만심, 어리석음에 진력이 났소. 그녀들을 위해 시구절을 직접 짓거나 짓도록 시켜야 하는 일도 지겹고요. 그런데 결국 지금은, 저 두 여자애들한테도 싫증이 나기 시작했다오."

아침 식사 후에 캉디드는 긴 회랑을 둘러보며 거기 있는 그림들의 아름다움에 놀랐다. 가장 뛰어난 두 작품을 그린 대가가 누구인지 물었다.

"라파엘의 그림이라오. 몇 년 전 나는 허영심으로 저 그림들을 아주 비싼 값에 샀지요. 사람들은 이 그림들이 이탈리아에서 가장 아름다운 작품이라고들 하지만 내 마음엔 전혀 들지 않아요. 색이 너무 침울하고 인물들의 모습은 풍만하지가 않고 생동감이 전혀 없어요. 옷의 주름에 대한 표현도 너무 미숙해 진짜 옷감 같아 보이지를 않습니다. 한마디로 말해 누가 뭐라던 이 작품은 자연을 그대로 모사하는 데 실패했어요. 나는 자연 자체를 보는 듯한 느낌이 드는 그림만을 좋아한다오. 그런데 그런 작품은 찾아볼 수 없어요. 이 궁전에는 그림들이 무척 많지만 나는 더 이상 거들떠보지도 않는다오."

점심 식사를 기다리면서 포코퀴란테는 협주곡을 연주하도록 시켰다. 캉디드는 그 음악이 감미롭다고 생각했다.

"이 소리요? 삼십 분 정도는 들을 만하지요. 그러나 더 오래 계속되면, 아무도 감히 입 밖에 내어 말하지 않는다 해도, 모든 사람을 피곤하게 할 뿐이라오. 오늘날 음악이란 어려운 곡들을 연주해내는 기술에 불과해요. 그리고 어렵기만 한 곡은 결국 아무도 좋아하지 않지요."라고 포코퀴란테가 말했다.

"난 아마 협주곡보다는 오페라를 좋아했을 거요. 만약 오페라를 정말 싫은 괴물로 만들어버리는 비밀을 사람들이 발견하지 않았더라면 말이오. 여배우 한 명의 목소리를 이용하는 두세 곡의 우스꽝스런 노래들로 엉성하게 짜인 장면들이 엮어내는, 음악으로 된 그 형편없는 비극들을 보겠다는 사람이 있다면 가서 보라지요. 카이사르나 카토의 역할을 맡은 거세된 남자 가수가 콧노래를 하며 어색한 모습으로 무대 위를 오가는 것을 보고 좋아서 죽을 사람은 그러라지요. 나는 오늘날 이탈리아의 영광이자 그 영광의 대가를 군주들이 비싸게 치러주는 이 시시한 것들을 오래전에 포기했다오."

포코퀴란테의 말에 캉디드는 조심스럽게 조금 반박했다. 마르탱은 전적으로 의원과 의견을 같이했다.

그들은 식탁에 둘러앉아 훌륭한 점심 식사를 한 다음 서재로 들어갔다. 캉디드는 화려하게 제본된 호메로스의 저서를 보고 취미가 지극히 고상하다며 찬사를 보냈다.

캉디드가 말했다.

"독일 최고의 철학자인 팡글로스 박사가 가장 애독하던 책이 바로 여기 있군요!"

포코퀴란테가 냉정하게 말했다.

"나에게는 그렇지 않다오. 전에는 그 책이 재미있게 보였소.

하지만 비슷비슷한 전쟁들의 끊임없는 반복과, 결정적인 일이라고는 아무것도 할 줄 모르는 신들과, 전쟁의 원인이면서도 극중 인물로서의 역할이 미미한 헬레네, 그리고 공격하지만 함락되지 않는 트로이, 이 모든 것들이 지겨워 죽을 지경이었소. 나는 가끔 학자들에게 그들도 나만큼 이 책이 지겨웠는지 물어보았소. 솔직한 사람들은 모두가 고백하기를, 그 책을 읽다가 포기하긴 했지만 그래도 서가에 항상 꽂아두어야 한다더군요. 마치 고대의 기념비적 작품처럼, 아니면 거래가 불가능하게 녹슨 메달처럼 말이오."

이에 캉디드가 물었다.

"어르신네께서는 베르길리우스에 대해서도 같은 생각을 갖고 계시나요?"

"그의 작품 《아이네이스》의 2, 4, 6권이 아주 훌륭하다는 것은 인정하오. 그러나 그의 인물, 독실한 아이네이아스, 힘이 센 클로안테, 충성을 다하는 친구 아카테스, 키 작은 아스카니우스 그리고 멍청한 왕 라티누스, 속물인 왕후 아마타, 싱거운 공주 라비니아 등을 말하자면, 그렇게 썰렁하고 불쾌한 인물들은 없다고 생각하는 바이오. 나는 오히려 타소나, 아리오스트의 황당무계한 이야기들을 더 좋아합니다."

포코퀴란테의 말에 캉디드가 계속해서 물었다.

"의원님, 혹시 호라티우스를 감명 깊게 읽지 않으셨는지 물어봐도 되겠습니까?"

"그의 격언들은 쓸 만하지. 사교계 인사가 잘 써먹을 수 있는 것들이라오. 힘찬 시구로 압축되어 있어서 기억하기에도 쉽지요. 그러나 나는 브랭드 지방으로의 여행에 대한 이야기나, 형편없는 식사에 대한 묘사 그리고 '고름이라는 말을 즐겨 쓰는' 푸필루스인지 뭔지 하는 작자와, '식초라는 말을 즐겨 쓰는' 또 한 명의 천한 인간 사이에 오가는 상스러운 욕설들 따위에는 통 관심이 없소. 나는 노파와 마녀들을 비난하는 그의 저속한 시구들을 읽고 심한 혐오감을 느꼈다오. 그리고 나는, 그가 마이케나스에 의해서 서정시인의 반열에 올랐음에도 친구인 그 마이케나스에게 자기가 자신의 고상한 이마로 하늘 같은 대가들을 치겠다고 말할 수 있는 재능이 있는지도 알지 못하오. 바보들은 유명한 작가들의 작품은 무조건 칭찬하죠. 나는 내 의견대로만 평가할 뿐이고 내 취향에 맞는 작품만 좋아한다오."

어떤 경우에도 주관적인 평가를 내려서는 안 된다고 교육을 받아온 캉디드는 방금 들은 말에 무척 놀랐으나, 마르탱은 포코 퀴란테의 사고방식이 꽤 일리가 있다고 생각했다.

"오! 여기 키케로의 저서가 있군요! 이 위대한 작가의 작품에는 싫증을 내지 않으셨겠죠?" 하고 캉디드가 말했다.

베네치아 노인이 말했다.

"나는 그의 작품을 읽지 않소. 그가 라비리우스나 클루엔티우스를 변호해준 것이 나와 무슨 상관이 있겠소? 나는 내가 판결해야 할 소송에도 지쳐 있다오. 그의 철학서적들은 내가 좋아할 수도 있었어요. 그런데 그가 모든 것에 대해 회의를 품는 것을 보고, 나도 그 사람 만큼은 알고 있으며 또한 무지함에 있어서는 그 누구의 도움도 필요 없다는 결론을 내리게 되었다오.”

마르탱이 소리쳤다.

“오! 여기 여든 권짜리 과학원 연구집이 있군요! 그중에는 읽을 거리가 있을 법한데요.”

“있을 수도 있겠죠. 만약에 그 잡동사니의 저자들 중 단 한 명이라도 하다못해 옷핀을 만드는 법이라도 발명한 사람이 있었다면 말입니다. 하지만 그 책들 속에는 헛된 학설만 적혀 있고, 쓸모 있는 거라고는 단 한 가지도 없다오.” 하고 포코퀴란테가 말했다.

“어쩌면 이렇게 많은 희곡 작품들을 갖고 계십니까! 이탈리아어, 스페인어, 프랑스어로 쓰여 있군요!”

캉디드가 감탄하자 의원이 말했다.

“그렇소. 그러나 희곡 3천 편 중에서 좋은 것은 30편도 안 된답니다. 이 설교집들로 말하자면 모두가 비슷비슷해서 그 전체가 세네카가 쓴 책 중 단 한 페이지만도 못하지요. 그리고 저 방대한 신학 책들로 말하자면, 나는 물론이고 그 누구도 들춰본 적이 없으리라는 것은 능히 짐작되실 것이오.”

영어 서적으로 가득 찬 서가를 보며 마르탱이 입을 열었다.

“공화주의자라면 대단히 자유분방하게 쓰인 이 작품들을[30] 대

---

30 17세기에 ‘자유-사상가’라는 명칭을 자랑스럽게 여긴 것은 영국인들이 처음이었다.

부분 틀림없이 좋아할 것이라고 생각되는데요."

"그렇소. 자기가 생각하는 것을 글로 쓴다는 것은 아름다운 일이오. 그것이 인간의 특권이니까요. 우리 이탈리아에서는, 사람들은 자신이 생각하지 않는 것만을 글로 쓴답니다. 카이사르와 안토니우스의 조국에 사는 사람들은 도미니코회 수사의 허락 없이는 감히 자기 생각이라는 것을 단 한 가지도 갖지 못한다오. 만일 당파심과 당파에 대한 열광으로 인해 자유가 지닌 소중한 가치가 타락하지 않았다면, 나는 영국 천재들에게 영감을 부여하는 그 자유에 만족할 것이오."

캉디드는 밀턴의 저서를 찾아내서, 이 작가가 위대하다고 생각지 않느냐고 포코퀴란테 경에게 물었다.

"누구요? 〈창세기〉 제1장에 관해 열 권에 달하는 딱딱한 시구로 해설을 쓴 그 야만인 말이오? 그리스 시인들을 저속하게 모방하여 천지창조의 내용을 망쳐놓은 작자 말이오? 모세가 말씀으로 이 세상을 만드신 영원한 존재를 대신하고 있음에도 불구하고, 자신의 작품을 쓰기 위해 메시아로 하여금 하늘의 수납장에서 커다란 컴퍼스를 훔치게 만든 작자 말이오? 타소의 지옥과 악마를 망쳐 놓았으며, 루시퍼를 때로는 두꺼비로, 때로는 난쟁이로 변장시키며, 그로 하여금 같은 말을 백 번이나 반복하게 하고, 신학에 대해 논쟁을 벌이게 하며, 아리오스트의 희극적 발명품인 총포를 정말로 흉내 내어 악마로 하여금 하늘에서 대포를 쏘게 한 그런 작자를 내가 높이 평가하란 말이오? 나뿐만 아니라 이탈리아 사람이라면 어느 누구도 그런 한심한 기상천외함을 좋아할 수는 없는 것이오. 죄와 죽음의 결합, 그리고 죄가 낳은 뱀들의 이야기 따위는 조금이라도 섬세한 취향을 가진 사람이라면 구역질 나게 하죠. 또 병원에 대한 긴 묘사는 무덤 파는 인부에게나 좋을 것이오. 그의 음울하고 이상하고 지긋지긋한 시는 발표 당시부터 경멸당했지요. 나는 그가 모국에서 그 당시에 받았던 대우를 오늘날 그대로 해줄 뿐이라오. 어쨌든 나는 내 생각한 바를 말하고, 다른 사람들이 나처럼 생각하든 말든 전혀 상관하지 않지요."

캉디드는 그의 말에 마음이 상했다. 그는 호메로스를 존경했고 밀턴을 약간 좋아했기 때문이었다.

캉디드가 마르탱에게 낮게 말했다.

"세상에! 이분이 우리 독일 시인들도 굉장히 경멸하고 있지 않을까 두렵네요."

"그렇다 해도 그리 나쁠 건 없지요." 하고 마르탱이 말했다.

캉디드가 다시 가만히 혼잣말을 했다.

"얼마나 수준 높은 사람인가! 이 포코퀴란테는 대단한 천재군! 이 세상 그 어떤 것도 그의 마음에 들 수 없겠어."

그의 책을 죄다 훑어보고 난 뒤 그들은 정원으로 내려섰다. 캉디드는 정원의 아름다움에 찬사를 보냈다. 그러자 의원이 말했다.

"참으로 형편없이 꾸며졌어. 이곳엔 잡동사니만 널려 있군. 내일 당장 좀 더 고상한 안목으로 다른 초목을 심으라고 해야겠소."

호기심 많은 두 방문객은 의원 각하께 하직인사를 드렸다. 캉디드가 마르탱을 돌아보며 말했다.

"당신은 그가 세상에서 가장 행복한 사람이라는 데 동의하시 겠죠? 왜냐하면 그는 자기가 소유한 모든 것들보다도 한 단계 더 높이 있는 인물이니까요."

마르탱이 말했다.

"아니, 당신은 그가 소유한 모든 것에 염증을 느끼고 있는 것을 보지 않았습니까? 오래전에 플라톤은 가장 좋은 위장은 어떤 음식도 거부하지 않는다고 말했습니다."

"하지만 모든 것을 비판하고, 다른 사람들이 아름답다고 느끼는 것들 속에서 결점을 찾아내는 즐거움도 있지 않겠어요?" 하고 캉디드가 말했다.

"말하자면 즐거움을 갖지 않는 데서 오는 즐거움이 있다는 말이죠?" 하고 마르탱이 대꾸했다.

"아, 그렇다면 내가 퀴네공드 양을 다시 만날 때, 오직 나만 행복한 사람이겠군요." 하고 캉디드가 말했다.

"희망이 있다는 것은 언제나 좋은 일이요." 마르탱이 말했다.

그동안 몇 날, 몇 주가 흘렀다. 카캉보는 나타나지 않았고, 캉디드는 너무나 깊은 괴로움에 잠겨, 파케트와 지로플레 수사가 그에게 고맙다는 말 한마디 하러 오지 않았다는 사실조차 깨닫지 못했다.

제26장

캉디드와 마르탱이 여섯 명의 이방인들과
함께한 저녁 식사와 그들의 신분

어느 날 저녁, 캉디드가 마르탱을 동반하고 같은 호텔에 투숙한 이방인들과 식사를 하러 가던 중이었는데, 얼굴이 검은 한 남자가 그의 등 뒤로 다가서더니 팔을 잡고 말했다.

"우리와 함께 떠날 준비를 하십시오. 꼭 그렇게 하셔야 합니다."

뒤를 돌아보니 카캉보였다. 퀴네공드를 만났다면 모를까, 그 어떤 일도 이보다 더 캉디드를 놀랍고 기쁘게 할 수는 없을 것이었다. 그는 기뻐서 미칠 지경이었다. 그는 그토록 기다리던 친구를 껴안았다.

"분명 퀴네공드도 여기 있겠지? 어디 있나? 나를 그녀 있는 곳으로 데려다주게. 그녀를 만나 기쁨을 나누게 말일세."

"퀴네공드 양은 이곳에 안 계셔요. 콘스탄티노플에 계십니다."라고 카캉보가 말했다.

"오, 하느님! 콘스탄티노플이라니! 그렇지만 그녀가 중국에 가 있다 해도 난 그리로 날아가겠어. 빨리 가세."

"저녁 식사 후에 떠나시죠. 지금 더 이상은 말씀드릴 수가 없어요. 저는 지금 노예거든요. 제 주인이 기다리고 있어서 식사 시중을 들어야 해요. 아무 소리 말고 저녁 드신 다음 떠날 준비를 하고 계세요."라고 카캉보가 말했다.

캉디드는 충실한 심부름꾼을 다시 만나게 된 기쁨과 그가 노예라는 것을 알게 된 놀라움으로 희비가 교차하는 중에도, 애인을 다시 본다는 생각에 마음이 부풀고 설레며 정신이 산란하여도, 이러한 광경을 보고도 침착함을 잃지 않는 마르탱과 베네치아의 사육제를 보러 온 여섯 명의 이방인들과 함께 식사를 했다.

이 외국인들 가운데 한 사람에게 마실 것을 따라주던 카캉보는 식사가 끝날 무렵 그 주인에게 다가가 귀에 대고 낮은 소리로 말했다.

"폐하, 배가 준비되었으니 언제고 떠나실 수 있습니다."

이 말을 하고 그는 나갔다. 함께 식사하던 사람들은 놀라서 한마디도 못하고 서로를 쳐다보았다.

그때 또 다른 하인이 자기 주인에게 다가가 말하였다.

"폐하, 폐하의 역마차가 파도바에 있으며 선박도 준비되어 있습니다."

주인이 손짓을 하자 하인은 나갔다. 함께 식사하던 사람들의 놀라움은 갑절로 커졌고, 여전히 서로 쳐다보고만 있었다.

세 번째 하인이 세 번째 외국인에게 다가가 말했다.

"폐하, 제 말을 믿으십시오. 이곳에 오래 머무르실 수가 없습니다. 제가 모든 준비를 해두겠습니다."

그러고 나서 그 하인도 곧장 사라졌다.

캉디드와 마르탱은 이것이 틀림없이 사육제의 가장행렬일 것이라고 생각했다.

네 번째 하인이 네 번째 주인에게 말했다.

"폐하, 원하시면 언제든지 떠나실 수 있습니다."

그도 다른 하인들처럼 나갔다.

다섯 번째 하인도 다섯 번째 주인에게 마찬가지로 말하고 나갔다.

그러나 여섯 번째 하인은 캉디드의 옆에 앉은 여섯 번째 주인에게 다르게 말했다.

"폐하, 사람들이 이제는 폐하도 저도 더 이상 신임하지 않겠답니다. 폐하와 저는 오늘 밤에 감옥에 갇힐지도 모릅니다. 저는 제 물건을 챙겨야겠습니다. 안녕히 계십시오."

하인들이 모두 사라지고 나자, 여섯 명의 외국인과 캉디드와 마르탱은 한동안 아무 말 없이 조용히 있었다. 마침내 캉디드가 침묵을 깨고 말했다.

"여러분, 정말 이상한 농담들을 하시는군요. 당신들은 왜 모두가 왕입니까? 저와 마르탱은 왕이 아니라는 걸 솔직히 고백하지요."

그때 카캉보의 주인이 엄숙하게 이탈리아어로 말문을 열었다.

"나는 결코 농담하는 것이 아닙니다. 나는 아슈메 3세입니다. 나는 몇 년 동안 회교국 군주였지요. 나는 형의 왕위를 빼앗았는데, 나의 조카는 내 왕위를 강탈했어요. 그들은 내 대신들의 목을 잘랐고, 나는 낡은 궁전에서 여생을 보내게 되었답니다. 내 조카인 군주 마하무드가 건강을 위해 가끔 여행하도록 허락해주었습니다. 그래서 지금 베네치아에 사육제를 지내러 오게 된 것이지요."

아슈메의 옆에 앉은 젊은 남자가 이어서 말했다.

"내 이름은 이반입니다. 나는 러시아 전체의 황제였지요. 그러나 갓난아기였을 때 왕위를 빼앗겼죠. 부모님은 감옥에 갇혔고, 나는 감옥에서 자랐어요. 가끔 나를 지키는 호위병들과 함께 여행해도 좋다는 허가를 받았는데, 그런 사정으로 이곳 베네치아에 사육제를 지내러 온 것이랍니다."

세 번째 외국인이 이렇게 말했다.

"나는 영국의 왕 찰스 에드워드요. 아버지는 왕권을 내게 물려주었지요. 나는 그 권리를 지키려고 싸웠습니다. 그들은 8백 명의 내 지지자들을 비탄에 빠뜨렸고, 그들을 무력으로 제압했답니다. 나는 감옥에 갇히고 말았지요. 할아버지와 나처럼 왕위를 빼앗기고 로마에 계신 아버지를 방문하러 가는 길에 베네치아로 사육제를 지내러 오게 되었습니다."

네 번째 외국인이 말을 받아 이렇게 말했다.

"나는 폴란드의 왕이었소. 나는 물려받아야 할 왕위를 전쟁으로 인하여 빼앗겼지요. 나의 아버지도 나와 똑같은 불운을 겪으셨습니다. 나도 아슈메 군주나 이반 황제나 찰스 에드워드 왕처럼 신의 섭리에 따르기로 했다오. 신께서 이분들께 장수의 축복을 내려주시기를! 그래서 나는 베네치아로 사육제를 지내러 왔지요."

다섯 번째 외국인이 말했다.

"나도 역시 폴란드의 왕이오. 나는 내 왕국을 두 번이나 잃어버렸소. 하지만 신의 섭리로 다른 나라를 하나 얻었지요. 나는 사르마테스국의 제왕들도 해낼 수 없는 일들을 아주 잘하고 있지요. 또한 나도 신의 섭리에 따를 뿐입니다. 그래서 베네치아로 사육제를 지내러 왔다오."

이젠 여섯 번째 왕이 말할 차례였다.

"여러분, 나는 당신들만큼 그렇게 대단한 군주는 아닙니다. 하지만 나도 당신들처럼 한때는 왕이었지요. 나는 테오도르란 사람으로, 코르시카에서 왕으로 선출되었지요. 그들은 나를 '폐하'라고 불렀는데 지금은 겨우 '나리'라고 부른답니다. 나는 내 얼굴을 새긴 화폐를 주조시켰지만, 지금은 내 수중에 그 동전 한 닢도 없답니다. 대신도 두 명이나 데리고 있었지만 지금은 겨우 하인 하나를 두기도 힘겨울 지경이지요. 한때는 왕좌에 앉아 군림했으나 오랜 세월을 런던의 감옥에 갇혀 짚더미 위에서 지내야 했습니다. 내가 이곳에 여러 폐하들과 마찬가지로 베네치아의 사육제를 보러 오긴 했지만 여기서도 또 다시 그런 취급을 당할까봐 두렵답니다."

나머지 다섯 왕들은 그의 말을 품위 있게, 동정심을 갖고 들어주었다. 그들은 테오도르 왕이 의복을 사 입을 수 있도록 각자 금화 20스캥씩을 내놓았다. 캉디드는 금화 2천 스캥짜리 다이아몬드 한 개를 그에게 선물했다.

캉디드의 적선에 다섯 왕들은 이렇게 말하였다.

"우리들보다 백 배나 더 낼 능력이 있고, 또 그것을 정말 내놓기까지 한 이 특별한 보통사람은 도대체 어떤 사람이란 말인가?"

식사를 마치고 나오는데 또 다른 폐하들 네 사람이 전쟁으로 나라를 잃고 베네치아에서 사육제를 지내려고 그 호텔에 도착했다. 그러나 캉디드는 이 새로운 투숙객들에게는 신경을 쓰지 않았다. 그는 오직 콘스탄티노플에 있는 사랑하는 퀴네공드 양을 만나러 간다는 생각밖에 없었기 때문이다.

제27장

캉디드의 콘스탄티노플 여행

충실한 카캉보는 아슈메 터키 군주가 콘스탄티노플로 돌아가는 길에 캉디드와 마르탱도 함께 동승할 수 있도록 터키인 선장의 허락을 미리 받아놓았다. 그들은 '가엾은 군주 폐하' 앞에 꿇어 엎드린 다음에 배로 향해 갔다.

도중에 캉디드가 마르탱에게 말했다.

"왕위를 빼앗긴 여섯 명의 왕들과 함께 저녁을 먹게 되다니! 게다가 나는 그들 중 한 사람에게 적선까지 했지요. 아마도 이 세상엔 그들보다 더 불행한 왕들이 많이 있을 거예요. 그에 비한다면 나는 잃어버린 것이라곤 1백 마리의 양뿐이며, 이제 퀴네공드의 품안으로 달려가고 있지 않습니까? 친애하는 마르탱, 거듭 말하지만 팡글로스의 주장이 옳아요. 이 세상은 모든 게 다 잘되어 있어요."

"저도 그것을 바라고 있습니다." 하고 마르탱이 말했다.

"하지만, 우리가 베네치아에서 겪었던 일은 꼭 거짓말 같은 일이에요. 왕위를 빼앗긴 여섯 명의 왕이 한 자리에 모여 식사를 같이했다는 사실은 들은 적도 본 적도 없는 일이잖아요?" 하고 캉디드가 말했다.

"우리에게 일어난 일들에 비하면 그건 그리 대단한 사건도 아닙니다. 왕들이 왕위를 빼앗기는 것은 아주 흔한 일이에요. 그리고 우리가 그들과 함께 식사를 한 영광에 대해서 말하자면, 그것은 크게 떠들어댈 거리도 못 되는 사소한 일에 불과하지요."라고 마르탱이 말했다.

캉디드는 배에 오르자마자 옛 하인이자 친구인 카캉보의 목을 끌어안았다.

"그래, 퀴네공드는 무엇을 하고 있지? 아직도 기막히게 아름다운가? 여전히 나를 좋아하겠지? 그녀의 건강은 어떤가? 자네가 콘스탄티노플에다가 궁전을 하나 사주었겠지?"

"주인님, 퀴네공드 양은 프로폰티드 해안의, 그릇을 별로 많이 갖고 있지도 않은 어떤 군주의 집에서 설거지를 하고 있어요. 그녀는 라고스키라는, 한때 군주였지만 지금은 황제에게 하루 3에퀴를 받으며 보호받는 자의 집에 노예로 있답니다. 그보다 더욱 슬픈 일은 그녀가 아름다움을 잃고 끔찍하게 못생긴 모습으로 변해버린 것이랍니다."

"오! 아름답건 못생겼건, 나는 정직한 사람이므로 그녀를 언제까지나 사랑할 것이네. 하지만 자네가 가져간 5~6백만의 다이아몬드를 가져가고서도 어찌 그녀가 그리 비천한 상태로 떨어질 수 있단 말인가?"

"부에노스아이레스의 총독인 페르난도 디바라 이 피구에오라 이 마스카레네스 이 람푸르도스 이 수자 경에게 퀴네공드 양을 되찾으려고 이백만을 주어야만 했죠. 그러고 나니 해적이 그 나머지를 단박에 몽땅 털어가지 않았겠어요? 그 해적은 우리를 마타판에서 밀로, 니카리, 사모스, 그리고 페트라, 다르다넬 해협, 마르마라까지, 거기서 또 스쿠타리로 끌고 다녔습니다. 그런 다음 퀴네공드 양과 노파는 제가 말한 그 군주의 집에서 일하게 되었고, 저는 왕위를 빼앗긴 군주의 노예로 있게 된 것이지요."

"어찌하여 끔찍한 재난들이 꼬리를 물고 일어난단 말인가! 하지만, 어찌되었든 내게 다이아몬드가 조금 남아 있으니 퀴네공드를 쉽게 구할 수 있을 거라네. 그녀가 그렇게 추해졌다니 참 유감스런 일이군." 캉디드가 말했다.

그리고 캉디드는 마르탱을 돌아보며 이렇게 말했다.

"아슈메 황제와 이반 황제와 찰스 에드워드 왕, 그리고 나, 이들 중에서 누가 가장 불행하다고 생각하시오?"

"모르겠어요. 그것을 알아내자면 내가 당신 마음속으로 들어가 봐야겠지요."

"오! 팡글로스 선생님이 여기 계신다면 그것을 말해주실 수 있을 텐데."

"글쎄요. 당신의 팡글로스가 어떤 저울로 인간의 불행을 재고, 인간의 고통을 평가할 수 있을는지 모르겠군요. 단지 내가 추정할 수 있는 것은 이 세상에는 찰스 에드워드 왕이나 이반 황제나 아슈메 군주보다도 백배나 더 불행한 사람들이 수백만은 있다는 것입니다." 하고 마르탱이 말했다.

"그럴 수도 있겠지요." 캉디드가 말했다.

며칠 뒤 그들은 흑해의 해협으로 들어섰다. 캉디드는 먼저 카캉보를 아주 비싼 값으로 되샀다. 그러고 나서 곧바로 그의 일행들과 함께, 아무리 퀴네공드가 추해졌다 할지라도 그녀를 찾으러 프로폰티드 해안으로 가기 위해서 갤리선에 올랐다.

갤리선의 노를 젓는 죄수들 중에는 노 젓는 솜씨가 무척 서투른 두 사람이 끼여 있었다. 터키인 지휘관은 그들의 벌거벗은 어깨 위로 이따금 가죽 채찍을 날렸다. 캉디드는 자연적인 반응으로, 갤리선의 다른 노예들보다 그들에게 연민을 느끼며 다가가 그들을 주의 깊게 바라보았다. 그들의 얼굴은 일그러지기는 했지만 퀴네공드 양의 오빠이자 예수회 신부였던 남작, 그리고 팡글로스와 닮은 데가 있었다. 그 생각을 하니 그는 감상에 사로잡혔고 마음이 슬퍼졌다.

캉디드는 그들을 다시 주의 깊게 바라보다가 카캉보에게 말했다.

"사실, 내가 만일 팡글로스 선생이 교수형당하는 것을 목격하지 못했거나, 불행히도 남작을 죽인 일이 없었더라면 이 갤리선에서 노를 젓는 저 사람들이 바로 그들이라고 믿었을 거야."

캉디드가 남작과 팡글로스라는 이름을 말하자 그 두 죄수는 비명을 지르더니 노를 떨어뜨렸다. 터키인 지휘관이 그들에게 달려와 채찍을 마구 휘둘렀다.

캉디드가 외쳤다.

"그만, 그만하세요, 나리. 원하는 대로 돈을 드리겠습니다."

죄수 한 사람이 말했다.

"아니! 캉디드잖아!"

다른 죄수도 외쳤다.

"아니! 캉디드잖아!"

"내가 지금 이 갤리선에 타고 있는 것이 꿈인가 생시인가? 내가 죽인 남작이 이 사람인가? 그리고 또 교수형을 당한 팡글로스가 이 사람이란 말인가?"

캉디드가 말했다.

"바로 우릴세, 바로 우리야."

그들이 말했다.

"아니! 그 위대한 철학자가 저 사람입니까?" 마르탱이 말했다.

"저, 지휘관 나리. 독일에서 제일가는 툰더 텐 트롱크 남작과 독일의 가장 심오한 형이상학자 팡글로스 씨의 몸값을 얼마나 원하시오?" 캉디드가 물었다.

"빌어먹을 예수쟁이들 같으니, 이 예수쟁이 죄수들이 남작이고 형이상학자라니, 본국에선 대단한 신분이었겠군. 그렇다면 5

만 스캥을 내놔야지." 터키인 지휘관이 말했다.

"그렇게 하지요, 나리. 그 대신 우리를 콘스탄티노플로 번개
처럼 빨리 데려다주시오. 그러면 지금 당장 돈을 지불하리다. 아
니지, 퀴네공드 양에게 갑시다."

터키인 지휘관은 캉디드의 말이 채 끝나기도 전에 이미 콘스
탄티노플 쪽으로 뱃머리를 돌려놓았고 바람을 가르는 새보다도
더 빠른 속력으로 노를 젓게 했다.

캉디드는 수백 번이나 남작과 팡글로스를 껴안았다.

"어떻게 내가 당신을 죽이지 않은 거죠, 친애하는 남작님? 그
리고 친애하는 팡글로스 선생님, 교수형을 당한 다음에 어떻게
살아나셨죠? 그리고 어찌해서 두 분 다 터키의 갤리선을 타게 되
셨나요?"

"내 누이동생이 이 나라에 있다는 것이 사실인가?" 남작이 물
었다.

"네." 카캉보가 대답했다.

"나의 사랑하는 제자 캉디드를 다시 보게 되다니!" 팡글로스
가 외쳤다.

캉디드는 그들에게 마르탱과 카캉보를 소개했다. 그들은 모
두 서로를 껴안았고 모두 한꺼번에 말했다. 갤리선은 나는 듯이
항해를 계속하여 어느새 항구에 닿았다. 그들은 유대인을 불러
다이아몬드 하나를 팔았는데, 그가 아브라함을 걸고 맹세컨대 값
을 더는 쳐줄 수 없다고 하여, 1만 스캥 나가는 것을 5천 스캥에

팔았다. 캉디드는 곧 남작과 팡글로스의 몸값을 지불하였다. 팡글로스는 자신을 풀어준 사람의 발밑에 몸을 던져 눈물로 그의 발을 적셨고, 남작은 고갯짓으로 고맙다는 표시를 하며 기회가 닿는 대로 최대한 빨리 돈을 갚겠다고 약속했다.

"그런데 내 누이동생이 터키에 있다는 것이 사실인가?"

남작의 물음에 카캉보가 나섰다.

"사실이고 말고요. 아가씨는 트란실바니아 군주의 집에서 그릇을 닦고 계시답니다."

캉디드는 곧 유대인 두 명을 더 불러 또 다이아몬드 몇 개를 팔았다. 그리고 그들은 모두 함께 퀴네공드를 구하러 가기 위해 또 다른 갤리선으로 옮겨 탔다.

제28장

캉디드, 퀴네공드, 팡글로스, 마르탱에게
무슨 일이 일어났으며, 기타 다른 일들에 대해[31]

캉디드가 남작에게 말했다.

"다시 한 번 사과드립니다. 제가 당신을 칼로 깊이 찔렀던 것을 정말로 사과드립니다, 신부님."

남작이 대답했다.

"그 얘기라면 더 하지 말도록 하세. 나도 너무 심했다는 것을 인정하네. 하지만 어떻게 해서 내가 갤리선을 타게 되었는지를 자네가 궁금해 하니 말해주지. 나는 그때 찔린 상처를 대학의 약사로 일하는 신부한테 치료받아 완쾌되었는데 스페인 군대의 기습을 당했고, 포로가 되어 부에노스아이레스의 감옥에 갇히게 되었다네. 그때 내 누이는 막 그곳을 떠났다고 하더군. 예수회 총회

---

31 28장의 제목 중 뒷부분은 본문의 내용과 일치하지 않는데, 이는 원고를 수정하면서 발생한 것이거나 혹은 작가가 서두른 나머지 의도하지 않게 발생한 것으로 보인다.

장 주교님께 로마로 돌아가게 해달라고 청하였는데, 대신에 콘스탄티노플에 있는 프랑스 대사의 구휼품 분배사제로 임명하더군. 그 임무를 맡은 지 일주일도 채 안 된 어느 날 저녁, 나는 터키 황제의 젊은 궁정 사관과 함께 있게 되었다네. 그날은 몹시 더웠지. 그 젊은이가 물놀이를 하고 싶어 해서 나도 같이 물놀이를 했다네. 나는 기독교인이 젊은 회교도와 벌거벗고 함께 있으면 대죄가 된다는 것을 몰랐거든. 회교도 재판관은 몽둥이로 내 발바닥 1백 대를 때리게 하고, 갤리선에서 죄수로 일하도록 선고를 내렸다네. 나는 그 판결이 너무 부당했다고 생각하네. 그런데 내 누이가 어째서 터키에 피신한 트란실바니아 군주의 부엌에서 일하게 되었는지 그 내력을 알고 싶네."

하지만 캉디드는 팡글로스에게 물었다.

"그런데 친애하는 팡글로스 선생님, 제가 선생님을 다시 만나다니, 이게 어떻게 된 일이지요?"

팡글로스가 말했다.

"내가 교수형 당하는 모습을 자네가 본 건 사실이지. 나는 당연히 화형을 받기로 되어 있었어. 그런데 자네도 기억하겠지만 내 몸에 불을 댕기려는 찰나 비가 쏟아져 내렸다네. 소나기가 너무 드세게 내리자 그들은 불을 다시 피우는 것을 포기하더군. 그리고는 달리 방법이 없어 교수형에 처한 거야. 어떤 외과의사가 해부할 목적으로 나의 시체를 사서 그의 집으로 가져갔지. 우선 그는, 배꼽에서부터 쇄골까지 십자 모양으로 내 몸을 절개했네.

아마 교수형을 받을 때, 나만큼 서투르게 목이 매달린 사람은 없었을 것이네. 그날 종교재판의 집행인은 부제였는데, 사실 그 사람은 화형은 기막히게 잘 시켰지만 목을 매다는 일에는 서툴렀어. 끈이 젖어 잘 미끄러지지 않는 상태에서 매듭이 지어졌지. 결국 나는 교수형을 당하고도 숨을 쉬고 있었다네. 십자 모양으로 배를 가르자, 나는 크게 비명을 질렀고 외과의사는 놀라 뒤로 넘어졌지. 그는 악마를 해부한 줄 알고 새파랗게 겁에 질려 도망치다 계단에서 넘어졌다네. 그 소리에 그의 부인이 옆방에서 달려나왔지. 그녀는 탁자 위에 배가 십자형으로 갈린 채 누워 있는 나를 보자 남편보다 더 놀랐고, 도망치다가 남편의 몸 위로 넘어졌다네. 잠시 후 그들이 조금 정신을 차렸을 때 부인이 외과 의사한테 말하는 것이 들려오더군.

"'여보, 어쩌자고 이단자를 해부하려고 했어요? 악마는 항상 저런 사람들 안에 있다고요. 내가 얼른 가서 신부를 데려와 악마를 쫓아달라고 해야겠어요.'

"이 말에 나는 오싹 전율을 느껴, 있는 힘을 다해 이렇게 외쳤다네.

"'자비를 베푸소서!'

"드디어 포르투갈인 돌팔이 의사가 대담해져서 나를 다시 꿰매주었다네. 그의 아내도 나를 잘 돌봐주어서, 두 주일이 지나니 일어설 수 있게되었지. 그 의사는 내 건강 상태가 회복되었다고 생각하고 나를 베네치아로 가는 몰타인 기사의 시종으로 채용시켜주었지. 그런데 그 기사는 나를 고용할 능력이 없어 베네치아 상인에게 넘겼고, 그래서 나는 주인을 따라 콘스탄티노플로 오게 되었네.

"하루는 문득 회교 사원 안에 들어가 봐야겠다는 생각이 들더군. 그곳에는 늙은 회교 사제와 아주 예쁜 젊은 여신도가 기도를 하고 있었지. 그녀는 가슴이 온통 드러나는 옷을 입고 있었고, 튤립과 장미와 아네모네와 히아신스로 된 꽃다발을 양쪽 젖무덤 사이에 지니고 있었다네. 그녀가 꽃다발을 떨어뜨리자 나는 그것을 주워서 호의를 베풀려고 대단히 정중하고 친절하게 그녀의 가슴 한가운데 다시 놓아주었지. 내가 그 동작을 어찌나 천천히 했던지 회교 사제는 그만 화를 내었고 내가 기독교인이란 것을 알고는 소리쳐서 사람들을 부르더군. 그들은 나를 회교도 재판관에게 데려갔고 그는 나의 발바닥을 1백 대 때린 후 갤리선으로 보내라는 선고를 내렸네. 이렇게 해서 나는 그 갤리선 안에서 남작과 같은 자리에 배정되어 쇠사슬에 매인 채 노를 젓게 되었지. 그 배 안에는 마르세유 출신의 젊은이 네 사람과 나폴리 태생의 사제 다섯 사람과 코르푸 섬의 수사 두 사람이 노를 젓고 있었지. 이와 비슷한 일들이 하루도 거르지 않고 날마다 일어난다고 그들이 말하더군. 남작은 자기가 나보다 훨씬 더 부당한 판결을 받았다고 주장했고, 나는 회교 왕실의 시종무관과 벌거벗고 같이 있었던 것보다는 여자의 가슴에 꽃다발을 놓아준 것이 훨씬 타당한 일이라고 주장했지. 우리는 이 문제를 놓고 끊임없이 논쟁하느라

하루에 스무 대의 채찍을 맞았다네. 그러던 중 이 우주의 사건들 사이의 연계성으로 인해 자네들이 우리의 갤리선으로 오게 된 것이고, 자네가 우리의 몸값을 지불해주게 된 것이라네."

캉디드가 물었다.

"그렇다면 존경하는 팡글로스 선생님, 선생님은 교수형을 받고 해부를 당하고 매를 맞고 결국 갤리선의 노까지 젓게 되었는데도 여전히 이 세상은 모든 것이 최선으로 되어 가고 있다고 믿으셨습니까?"

"나는 항상 처음과 같은 생각이라네. 왜냐하면 결국 나는 철학자니까. 내가 한 말을 부인한다는 것은 옳지 않은 일이지. 라이프니츠가 틀릴 수는 없으며, 더군다나 예정조화설은 '충만한 공간론'과 '단자론'처럼 이 세상에서 가장 훌륭한 이론이거든."

제29장

캉디드가 퀴네공드와 노파를 어떻게 다시 찾게 되는가

캉디드와 남작, 팡글로스, 마르탱 그리고 카캉보는 그들이 겪은 사건들을 번갈아 이야기하고, 이 우주에서 일어나는 우발적이거나 비우발적인 사건들에 대해, 원인과 결과에 대해, 정신적 악과 육체적 악에 대해, 자유와 필연에 대해, 또 터키의 갤리선에서 노예로 일할 때 위안으로 삼을 수 있는 것들에 대해 토론하는 동안 마침내 프로폰티드 해안에 있는 트란실바니아 군주의 집에 도착했다. 그들이 처음 본 광경은 퀴네공드와 노파가 빨랫줄에 수건을 널어 말리고 있는 모습이었다.

그 광경에 남작의 얼굴빛이 창백해졌다. 퀴네공드의 다정한 연인 캉디드는 아름다운 그녀의 피부가 그을고, 눈이 충혈 되고, 가슴이 축 늘어지고, 볼이 주름지고, 두 팔이 빨갛게 튼 모습에 놀라 세 걸음 뒤로 물러섰다가 예의상 곧 그녀의 곁으로 다가갔다. 퀴네공드는 캉디드와 오빠를 끌어안았다. 또한 모두가 노파를 차례로 끌어안았다. 캉디드는 퀴네공드와 노파의 몸값을 치렀다.

그 부근에는 얼마 되지 않는 농토가 있었다. 노파는 캉디드에게 모두 운이 좋아질 때까지 그곳에서 함께 지내자고 제안했다. 퀴네공드는 아무도 말해주지 않았기 때문에 자신이 추해진 것을 모르고 있었다. 그녀는 확신에 찬 어조로 캉디드가 그녀와 한 약속을 상기시켰고, 착한 캉디드는 그것을 나 몰라라 할 수가 없었다. 그리하여 그는 남작에게 그의 누이와 결혼하겠다고 말했다.

그러자 남작이 잘라 말했다.

"나는 누이의 그런 비천함을, 그리고 자네의 그런 무례함을 절대로 용납할 수 없네. 내가 파렴치하다고 비난할 사람은 없을 거야. 자네와 결혼하면 누이의 아이들은 독일의 귀족 모임에 나갈 수 없을 것이야. 안 되지. 나의 누이는 무슨 일이 있어도 독일 제국의 남작과만 결혼해야 하네."

퀴네공드는 그의 발밑에 엎드려 눈물을 흘리며 애원했다. 그러나 남작은 요지부동이었다.

그러자 캉디드가 말했다.

"정신 나간 양반이군! 나는 당신의 몸값을 지불하여 갤리선에서 구출해주었고, 당신 누이의 몸값도 치렀소. 이곳에서 겨우 설거지나 하고 있으며 저렇게 추해졌는데도 아내로 삼겠다고 했소. 그녀를 생각하는 나의 이 착한 마음에도 불구하고 당신은 아직도 우리의 결혼을 반대하고 있다니! 화가 치미는 대로 한다면 당신을 다시 죽여 버리고 말았을 거요!"

남작이 말했다.

"나를 다시 죽일 수는 있겠지. 하지만 내가 살아 있는 한 내 누이와 결혼할 수는 없네."

제30장

결론

사실 캉디드는 내심 퀴네공드와 결혼하고 싶다는 생각이 털 끝만큼도 없었다. 하지만 남작의 무례하기 짝이 없는 태도를 보고는 결혼을 결심하게 되었고, 게다가 퀴네공드가 어찌나 극성스럽게 밀어붙이는지 이제는 번복할 수도 없었다. 그는 팡글로스와 마르탱 그리고 충실한 하인 카캉보와 의논하였다. 팡글로스는 남작이 그의 누이에 대해 아무런 권리가 없으며, 제국의 모든 법률에 따라 그녀가 캉디드와 귀천상혼[32]으로 결혼할 수 있다는 것을 입증하는 훌륭한 의견서를 작성했다. 마르탱은 남작을 바다에 집어던지자고 하였다. 카캉보는 지금 그를 터키 갤리선의 지휘관에게 도로 데려다주어 노를 젓게 한 다음, 첫 배편으로 로마의 예수

---

32 독일의 경우 특별한 결혼 의식이 있었는데, 왕자가 신분이 낮은 여인과 결혼할 경우 왼손을 내밈으로써 신분이 낮은 사람과 그 자식에게는 작위가 전수되지 않았다.

회 총회장 신부에게 보내버리자고 하였다. 모두들 그게 아주 좋겠다고 하였고 노파도 이에 동의하였다. 그러나 이 일에 대해 그의 누이에게는 아무 말도 하지 않기로 했다. 얼마간의 돈으로 그 일은 처리되었고, 그들은 예수회 신부를 골탕먹이고 독일 남작의 오만을 징벌하는 즐거움을 맛보았다.

그 숱한 재난을 다 겪은 캉디드가 연인과 결혼하고, 철학자 팡글로스, 철학자 마르탱, 신중한 카캉보 그리고 노파와 다 함께 살게 된 데다 옛 잉카인의 나라에서 그렇게 많은 다이아몬드를 가져왔으니, 그가 세상에서 가장 편안한 삶을 살고 있으리라고 상상하는 것은 너무도 당연한 일이다. 그러나 그는 유대인들에게 하도 사기를 당해서 정작 남은 것이라고는 얼마 되지 않는 소작지의 농가뿐이었다. 매일매일 더 추해지는 그의 아내는 성질도 강팍하고 참을 수 없게 변해갔다. 노파는 허약했으며, 퀴네공드보다도 한층 더 심술 사나워졌다. 밭에서 일하는 카캉보는 콘스탄티노플에 야채를 팔러 다녔는데, 일이 너무 힘들다며 자기 운명을 저주하였다. 팡글로스는 독일의 몇몇 대학에서 자신을 알아주지 않는다고 절망하고 있었으며, 마르탱은 인간은 어느 곳에서나 똑같이 불행하다는 믿음을 굳히게 되었고 모든 일을 참을성 있게 받아들였다. 캉디드와 마르탱과 팡글로스는 가끔 형이상학과 도덕에 대하여 토론했다. 그들은 가끔 농가의 창문 아래로 터키 고관과 지방 군수 그리고 회교 재판관들을 가득 실은 배가 지나가는 것을 보았다. 이들은 렘노스, 미틸렌, 에제룸 등으로 유배가는 길이었다. 유배당한 사람들의 자리를 채우기 위하여 다른 고관과 군수와 재판관들이 오는 것도 볼 수 있었는데, 그들은 쫓겨난 사람들의 자리를 이어받지만 때가 되면 자기들도 쫓겨날 것이었다. 제정 터키 정부에 상납할, 깨끗이 박제된 사람 머리들도 보였다. 이런 광경 때문에 토론은 더욱 열을 띠게 되었다. 토론하지 않을 때에는 사는 것이 너무나 지루하여, 하루는 노파가 이렇게 말할 정도였다.

"나는 도대체 어떤 것이 더 불행한 삶인지 알고 싶어요. 검둥이 해적들한테 1백 번이나 겁탈당하는 것, 엉덩이 한쪽을 잘리는 것, 불가리아인들에게 몽둥이찜질을 당하는 것, 종교화형식에서 죽도록 매 맞은 다음 교수형을 당하는 것, 교수형당한 후 다시 해부당하는 것, 그리고 갤리선에서 노를 젓는 것, 우리 모두가 지금까지 겪은 이 모든 고난에 비해 아무 할 일 없이 이곳에서 지내는 일이 더 행복한 것인지 도대체 알 수가 없군요."

"정말 생각해볼 문제군요." 하고 캉디드가 말했다.

그 이야기는 새로운 성찰을 낳았다. 인간은 근심의 소용돌이 속에서 살거나 아니면 권태로 무기력한 상태에서 살게끔 되어 있다고 마르탱은 특별히 결론지었다. 캉디드는 이에 동의하지 않았으나 아무것도 확실히 말할 수가 없었다. 팡글로스가 이렇게 고백했다. 정작 자신은 항상 끔찍한 고통을 겪으며 살아왔지만 한번 모든 것이 최선으로 되어간다고 말한 뒤로 그 이론을 계속 주장하고 있을 뿐이지, 실상은 그것을 전혀 믿지 않는다고.

마르탱이 주장하는 혐오스러운 원칙을 뒷받침하고 캉디드를 더욱 회의에 빠지게 하며 팡글로스를 당황하게 만드는 사건이 발생했다. 어느 날 파케트와 지로플레 사제가 이루 말할 수 없이 비참한 상태로 그들의 농토에 찾아온 것이다. 그들은 3천 피아스타를 금방 탕진하고 서로 헤어졌다가 또 다시 화해하였고 또 다시 서로 다투고는 함께 감옥에 들어갔다가 함께 도망쳐 나왔으며, 그 뒤 결국 지로플레 수사는 회교도로 개종하였고, 파케트는 줄곧 해오던 몸파는 일을 여기저기 떠돌며 계속하였으나 이젠 더 이상 돈도 벌리지 않는다고 하였다.

마르탱이 캉디드에게 말했다.

"그러게 내가 뭐랍디까. 당신이 준 돈은 곧 탕진될 것이며 그들을 더욱 비참하게 만들 것이라고 했지요. 당신과 카캉보도 한때는 수백만 피아스타를 물 쓰듯 썼죠. 하지만 지금 당신들이 지로플레 사제와 파케트보다 더 행복한 것은 아니지요."

팡글로스가 파케트를 보며 탄식하였다.

"오! 가엾은 것! 하늘이 너를 우리에게 돌려보내셨구나! 너 때문에 나의 코끝과 한쪽 눈과 한쪽 귀가 망가진 것을 아느냐? 네 꼴은 이게 뭐란 말이냐! 오! 이 세상은 대체 무엇이란 말이냐!"

그들은 이 새로운 사건을 계기로 전보다 더 본격적으로 철학적 토론을 하게 되었다.

그들이 사는 곳에서 얼마 떨어지지 않은 곳에 터키에서 가장 훌륭한 철학자로 통하는 유명한 회교 탁발승이 살고 있었다. 그들은 자문을 구하러 그를 찾아갔다. 팡글로스가 다른 사람들을 대신하여 말문을 열었다.

"승려님, 인간이라고 하는 괴상스런 동물이 왜 생겨났는지 당신께 물어보려고 왔습니다."

회교 승려는 대뜸 이렇게 쏘아붙였다.

"그것이 네가 참견할 일이냐? 그게 너와 무슨 상관이냐?"

그러자 캉디드가 다시 물었다.

"하지만 승려님, 지상에는 악이 끔찍하게도 많이 존재합니다."

"악이 존재하건 선이 존재하건 무슨 상관이야? 황제 폐하가 이집트로 배를 보낼 때 배 안에 쥐들이 잘 있는지 아닌지 염려한다더냐?"

이번에는 팡글로스가 물었다.

"그럼 우리는 어떡해야 되지요?"

"입을 다물어야지." 하고 회교 승려가 대답했다.

"나는 가능한 최선의 세계, 원인과 결과, 악의 근원, 인간의 본성, 그리고 예정조화에 대해 당신과 토론하기를 기대했지요."

팡글로스의 말에 회교 승려는 그들을 내쫓고 면전에서 문을 닫아버렸다.

그들이 그런 대화를 나누는 동안 콘스탄티노플에서 현직 터키 대신 두 사람과 회교 고위 승려 한 사람이 교살되었고, 그들의 동료들 몇 사람도 말뚝에 박혀 처형되었다는 소문이 퍼져나갔다.

이 참사로 몇 시간 동안이나 곳곳이 떠들썩하였다. 팡글로스와 캉디드와 마르탱은 그들의 작은 농토로 돌아오는 길에 자기 집 문 앞, 오렌지 나무 그늘에서 바람을 쐬고 있는 어느 선량한 노인 을 만났다. 따지기 좋아하는 만큼 호기심도 많은 팡글로스가 방 금 목 졸려 죽은 회교 승려의 이름이 무엇이냐고 물어보았다.

노인이 대답했다.

"그것에 대해서는 전혀 아는 바가 없습니다. 나는 평생 회교 승려나 현직 고관의 이름을 기억해본 적이 없습니다. 당신이 말 하는 사건에 대해서는 전혀 아는 바가 없어요. 내가 추측컨대 일 반적으로 공적인 사건들에 쓸데없이 관여하는 자들은 종종 비참 하게 죽습니다. 또 그래야 마땅하고요. 하지만 나는 콘스탄티노 플에서 일어나는 일에 대해 전혀 알려고 하지 않습니다. 나는 내 가 가꾸는 밭에서 나는 과일을 그곳에 내다 파는 걸로 만족해요."

말을 마친 노인은 자기 집으로 낯선 사람들을 들어오게 했다. 노인의 두 딸과 두 아들은 그들이 직접 만든 여러 종류의 샤베트 와 절인 레몬 껍질이 박힌 카이막과 오렌지, 레몬, 파인애플, 피스 타치오 열매, 바타비아나 다른 섬에서 나오는 저질의 커피를 섞 지 않은 순수한 모카커피 등을 그들에게 대접하였다. 그런 다음 그 착한 회교도의 두 딸들은 캉디드와 팡글로스와 마르탱의 수염 에 향수를 뿌려주었다.

"당신은 아주 넓고 비옥한 땅을 갖고 계신가 보군요."

캉디드가 터키 노인에게 묻자 노인이 대답했다.

"우리 땅은 7~8 헥타르 정도밖에 되지 않아요. 나는 이 땅을 아이들과 함께 경작하고 있지요. 일은 우리를 권태, 방탕, 궁핍이라는 세 가지 커다란 악에서 벗어나게 한답니다."

캉디드는 자신의 밭으로 돌아오면서 터키 노인의 말을 아주 곰곰이 생각해보았다. 그는 팡글로스와 마르탱에게 말했다.

"그 착한 노인이 우리와 함께 식사했던 여섯 명의 왕보다 더 행복한 삶을 살고 있는 것 같군요."

그러자 팡글로스가 말했다.

"모든 철학자들의 보고서를 보아도 알 수 있지만, 부귀영화란 아주 위험한 것이지. 모압족의 왕 에글론도 오드에 의해 암살당했고, 압살론은 세 가지 독침에 찔린채 머리카락으로 목이 졸려 죽었고, 예로보암의 아들 나다브 왕은 바사에게 죽임을 당했고, 엘라 왕은 잠브리에게, 오소시아스는 예후에게, 아탈리아는 죠아다에게 죽임을 당했고, 요아킴 왕, 예소니아 왕, 세데시아스 왕은 노예가 되었지. 자네는 크로이소스, 아스티아즈, 다리우스, 시라쿠스의 디오니시오스, 피루스, 페르세우스, 한니발, 유구르타, 아리오비스트, 카이사르, 폼페이우스, 네로, 오토, 비텔리우스, 도미티아누스, 영국의 리처드 2세, 에드워드 2세, 헨리 4세, 리처드 3세, 마리스튜어트, 찰스 1세 그리고 프랑스의 앙리 왕 세 명, 앙리 4세가 어떻게 죽어갔는지 알고 있나? 자네가 알고 있듯……."

팡글로스의 말에 캉디드가 이렇게 대답했다.

"저는 우리의 밭을 또한 가꾸어야 한다는 것을 압니다."

"자네 말이 맞네. 애당초 신이 인간을 에덴동산에 데려다놓은 것은 그곳을 경작하기 위함이었으니까. 그것은 곧 인간은 쉬려고 태어난 것이 아니라는 것을 입증하지." 팡글로스가 말했다.

그러자 마르탱이 말했다.

"따지지 말고 일합시다. 삶을 견딜 만하게 만드는 유일한 방법이 그거니까요."

이 작은 사회의 구성원 모두는 이런 칭찬할 만한 계획을 실천에 옮겼다. 각자는 자신의 재능을 발휘하기 시작했다. 그러자 그 작은 땅에서 많은 소출이 있었다. 사실 퀴네공드는 무척 못생겼지만 훌륭하게 빵과 과자를 구워냈다. 파케트는 수를 놓았고 노파는 빨래를 맡아 했고 지로플레 수사까지도 유용한 일을 맡아 하였다. 그는 아주 훌륭한 목수이자 정직한 사람이 되었다.

팡글로스는 가끔 캉디드에게 이렇게 말했다.

"있을 수 있는 세계 중 최선의 세계에서는 모든 사건들이 서로 연계되어 있지. 결국 자네가 퀴네공드 양과의 사랑 때문에 그 아름다운 성에서 엉덩이를 발로 차여 내쫓기지 않았다면, 종교 재판에 처해지지 않았다면, 걸어서 아메리카 대륙을 누비고 다니지 않았다면, 남작을 칼로 찌르지 않았다면, 그리고 엘도라도에서 가져온 양들을 모두 잃어버리지 않았다면, 자네는 이곳에서 설탕에 절인 레몬과 피스타치오 열매를 먹지 못했을 테니까."

캉디드가 이렇게 대답했다.

"옳은 말씀입니다. 그러니 우리의 밭을 가꾸어야지요[33]."

---

33 볼테르의 이 표현은 "(사변적이 아닌) 현실적인 삶을 살아야 한다"는 뜻을 갖는 프랑스어 속담으로 이해되고 있다. (옮긴이 주)

옮긴이 후기

옮긴이에게 볼테르(1694~1778)하면 떠오르는 단어가 바로 프랑스어 '뤼미에르 lumière'로 빛을 의미한다. 아울러 그 빛은 옮긴이에게는 그 빛이 처음 나오는 성서 구절, 'Que la lumière soit!' 즉, '빛이 있으라!'는 천지창조 첫날의 빛과 중첩되어 있다. 그 빛이 비유적으로는 앎을, 깨달음을, 복수 대명사로 사용되면 특히 18세기 프랑스의 계몽주의를 가리킨다. 게다가 그 단어에는 '특출한 인물'이라는 뜻도 들어있어 볼테르와는 제법 잘 어울리는 단어로 느껴지기도 한다.

보통은 《캉디드》라고 말해지는 본서의 온전한 제목은 부제목과 함께 《캉디드 혹은 낙관주의》(1759)다. 이 작품에는 볼테르가 갖고 있던 풍자와 해학의 정신이 유감없이 발휘되어 있다. 18세기 중반의 유럽 사상계에 팽배해 있던 낙관주의에 대한 비판이 작품의 주제를 이루고 있는 만큼 자칫 작품의 내용이 무겁고 건조해질 소지가 많았음에도 《캉디드》가 결과적으로 대단히 흥미진진한 이야기가 될 수 있었던 것이나, 출간된 지 250년이 지난 지금까지 많은 독자들에게 읽히고 있는 것도 따지고 보면 작가가 작품 속에 버무려 놓은 풍자와 해학에 힘입은 바 크다고 할 수 있다. 때문에 원작을 꼼꼼히 읽고 그 의미를 분석하되 흥미진진한 이야기로, 그 속의 풍자와 해학을 우리말로 녹여내려고 노력하는 와중에 옮긴이 역시 작품에 빠져들게 되었다.

이러한 《캉디드》의 기존 한국어 번역본들에는 독자들을 위한 작품해설과 볼테르의 생애 및 작품 등등에 대한 다양한 정보들이 들어있는데, 그 번역본들에 대해 간략하게 소개하면 다음과 같다.

우선 '볼테르의 철학소설'이라는 소개가 들어있는 《캉디드 혹은 낙관주의》(윤미기 역, 한울, 1991)는 원문의 의미를 충분하게 담아내면서 독자에게 쉽게 와 닿을 수 있는 우리말 표현들, 예컨대 한국어 사용자가 일상적인 회화에서 흔히 사용하는 구어적인 표현이나 관용구화 된 표현들을 찾아내는 데 대단히 탁월한 면모를 보인다. 〈한울〉본에서 시도된 많은 변조 가운데 상당수의 변조는 주저 없이 명역의 사례로 꼽을 수 있을 만큼 독창적이고 창조적이다. 문장 변형이나 변조에서도 역자는 원문의 의미 전달에 지장을 주지 않는 한 자유롭게 변형, 변조를 시도하는 경향을 보이며, 각주는 작품의 줄거리 파악에 꼭 필요하다고 판단되는 것만 제공한다는 선에서 최소화한 것으로 보인다.

아울러《캉디드》에 대한 친절한 해설 및 연보가 들어있는 번역서로는《캉디드》(김미선 역, 을유문화사, 1994)를 들 수 있다.〈을유〉본은 방대한 자료와 주석 및 해설 등이 들어있는 갈리마르 출판사의〈플레이아드〉본과〈보르다스〉본 등을 저본으로 하였다고 밝히고 있으며, 그와 동시에 매우 많은 주석을 달아 놓고 있다. 하지만〈을유〉본은 무엇보다 우선 언어적 완결성에서 많은 결점을 갖는 것으로 보였다. 이는 번역문에 원문의 구조를 그대로 옮기려는 듯한 번역경향, 역자가 불한사전으로부터 자유롭지 못하다는 번역상의 결점이 있었기 때문으로 풀이된다. 하지만 250년 전에 나온 텍스트를 번역문으로 읽을 독자를 위해 110여개에 달하는 주석을 붙인 것이나, 번역의 저본이 된 텍스트와 주석 작성을 위해 참고한 텍스트의 서지를 밝힌 것, 그리고 9페이지에 달하는 역자 서문과 충실한 작품 해설 및 볼테르 연보를 붙인 것 등에서, 역자가 번역자로서 가지고 있었을 진정성과 책임 의식이 묻어나는 것은 사실이다. 그럼에도〈을유〉본은 번역문의 우리말이 일단 잘 읽히지 않을 뿐만 아니라 간혹 이해하는 것조차 힘들게 되어 있다는 것이 결정적인 단점으로 꼽힌다.

이와 같은 기존의 작업들을 디딤돌 삼아 관점을 달리하는 몇몇 부분들을 제시하고, 몇몇 오류들을 바로잡고, 나름대로 새로운 의미를 제시하는 번역문을 내놓을 수 있었던 것은 고대 불문과 김재환 선생님의 도움이 컸으며, 감사의 말씀을 전한다. 또한 볼테르의

《캉디드》를 재미있게 읽을 수 있는 기회를 주시고 한 줄 한 줄 꼼꼼하게 원고를 읽어주신 부북스 출판사의 사장님께도 감사의 말씀을 전한다.

이미 오래전에 '우리가 가꾸는 밭'이 된 시지프를 이끄는 변광배 선생님, 듬직한 모세와 영민에게 항상 감사의 마음을 전한다. '곤이은이빠빠'에게 끝없이 힘을 주는 성곤과 성은에게도《캉디드》와《관용론》의 저자 볼테르의 계몽과 관용의 정신이 작은 '빛'이 되길 바라는 마음이다.

2010년 7월의 '빛' 아래서

김용석